NGSH
OUTR
NGSH
OUTR
NGSH

DARKSIDE

DADOS INTERNACIONAIS DE
CATALOGAÇÃO NA PUBLICAÇÃO (CIP)
Jéssica de Oliveira Molinari - CRB-8/9852

Clark, P. Djèli
Ring shout: grito de liberdade / P. Djèli Clark ;
tradução de Bruno Ribeiro.
— Rio de Janeiro : DarkSide Books, 2022.
176 p.

ISBN: 978-65-5598-174-2
Título original: Ring Shout

1. Ficção norte-americana 2. Horror 3. Literatura fantástica
I. Título II. Ribeiro. Bruno

21-5116   CDD 813

Índices para catálogo sistemático:
1. Ficção norte-americana

Impressão: Ipsis Gráfica

RING SHOUT: GRITO DE LIBERDADE
RING SHOUT

I know moon-rise, I know star-rise, lay dis body down /
I walk in de moonlight, I walk in de starlight, to lay dis body
down / I walk in de graveyard, I walk troo de graveyard,
to lay dis body down / I'll lie in de grass and stretch out
my arms, lay dis body down / I go to de judgment in de
evenin' of de day, when I lay dis body down / And my soul
and your soul will meet in de da, when I lay dis body down.

Fazenda Macabra
Reverendo Menezes
Pastora Moritz
Coveiro Assis
Caseiro Moraes

Leitura Sagrada
Jessica Reinaldo
Lorrane Fortunato
Rafaela Miranda
Talita Grass

Direção de Arte
Macabra

Coord. de Diagramação
Sergio Chaves

Colaboradores
Anne Quiangala
Irmã Martins

A toda Família DarkSide

MACABRA™
DARKSIDE

Todos os direitos desta edição reservados à
DarkSide® Entretenimento Ltda. • darksidebooks.com
Macabra™ Filmes Ltda. • macabra.tv

© 2022 MACABRA/ DARKSIDE

P. DJÈLÍ CLARK

RING SHOUT

GRITO DE LIBERDADE

TRADUÇÃO
BRUNO RIBEIRO

MACABRA™
~~D A R K S I D E~~

Para Claude McKay:
"Se devemos morrer, que não
seja como porcos".

E para a mãe de Lulu Wilson:
"Minha mãe estava na cabana dela com
um bebê de uma semana de idade.
Numa noite, doze Klus foram até lá.
Eles se aproximaram, um de cada vez,
e ela os destruiu, um de cada vez".

NOTA 15:

*Temos um Cântico sobre o antigo faraó e
Moisés. O Senhor separou o Mar Vermelho
e todo seu povo o atravessou. O velho faraó
quis seguir adiante, mas quando o fez,
as águas caíram sobre ele! Então nós
dizemos que as tropas do faraó se perderam,
e cantamos acerca da agitação e do choro
que ele deve ter feito ao presenciar isso.
Eu era uma criança quando os soldados da
União vieram nos contar sobre o Jubileu.
Sempre imaginei os uniformes azuis deles
como as águas caindo sobre o antigo faraó
— porque tenho certeza que esses perversos
senhores e senhoras gritaram e suplicaram
o bastante ao nos ver partindo [risos].*

— Entrevista com o tio Will, de 67
anos, transcrito do gullah por Emma
Krauss (doravante, EK). —

GRI
TO

P. DJÈLÍ CLARK

RING SHOUT

GRITO DE LIBERDADE

1

Você já viu uma marcha da Klan?

Em Macon, elas não são tão grandes quanto em Atlanta. Mas há membros da Klu Klan o bastante nesta cidade esquisita de cinquenta mil habitantes para fazer uma marcha imbecil quando bem entendessem.

Essa daqui acontece em uma terça-feira, Quatro de Julho, hoje. Há um bando desfilando pela Third Street, vestindo mantos brancos e capuzes pontudos. Nenhum deles tem o rosto coberto. Ouvi falar que as primeiras Klans depois da Guerra Civil se escondiam sob fronhas e sacos de farinha para fazer as suas loucuras, até se pintavam de preto para fingirem que são negros. Mas a Klan que temos em 1922 não se preocupa mais em se esconder. Todos eles — homens, mulheres, até bebês Klans — lá embaixo, sorrindo como se estivessem em um piquenique de domingo. Há todo tipo de fogos de artifício, brilhosos, explosivos, que soam como canhões e daqueles que alcançam os céus. Uma banda compete com esses fogos, enquanto todos na marcha, eu juro, aplaudem junto à música. Com todas as bandeiras agitadas e os movimentos ritmados, você acaba se esquecendo que eles são monstros.

Mas eu caço monstros. E eu sei quem eles são quando os vejo.

"Um pequeno Klu mooooorto", uma voz murmura perto do meu ouvido. "Dois pequenos Klus moooortos, três pequenos Klus, quatro pequenos Klus, cinco pequenos Klus moooortos."

Eu fito Sadie ajoelhada perto de mim, com o cabelo preso em uma longa trança castanha, pendendo sobre o ombro. Ela tá com um só olho aberto, observado a multidão lá embaixo através da mira do rifle, enquanto termina a cantiga e finge puxar o gatilho.

Click, click, click, click, click!

"Para com isso", afasto o cano do rifle com um livro surrado. "Se esse negócio disparar, você vai me deixar surda. Fora que alguém pode ver a gente."

Sadie revira os grandes olhos castanhos para mim, torcendo os lábios e cuspindo uma massa espessa de tabaco no telhado. Eu fecho a cara. Essa garota tem alguns hábitos nojentos.

"Sério, Maryse Boudreaux." Ela pendura o rifle por cima do macacão azul, grande demais para o corpo magricelo dela, e coloca as mãos nos quadris para me oferecer o tratamento pleno de Sadie, o típico clichê da mestiça do campo irritada, "Cê tem vinte e cinco ou oitenta e cinco anos? Do jeito que sempre reclama, às vezes eu esqueço. Ninguém tá nos vendo aqui de cima, só os pássaros."

Ela aponta para os prédios mais altos que os postes da rede de telégrafos do centro de Macon. Estamos em cima de um dos antigos armazéns de algodão na Poplar Street. Há muito tempo, essa área toda abrigava o algodão que vinha das plantações do interior, através do rio Ocmulgee em barcos a vapor. Aquela massa branca e macia, encharcada de suor e sangue de escravo, que criou esta cidade. Hoje em dia, os depósitos de Macon ainda armazenam algodão, mas para fábricas locais ou levado por trens. Assistindo os Klans cambalearem pela rua, vem a minha mente os fardos brancos, ainda encharcados de suor e sangue dos negros, movendo-se pelo rio.

"Não sei...", a Chef diz. Ela está sentada com as costas recostadas contra a parede da cobertura, encurvando os lábios escuros que seguram o filtro de um Chesterfield em um sorriso familiar e amigável.

"Na guerra, a gente sempre tava atento com os snipers. 'Mantenha um olho no lamaçal, outro na linha de visão e os dois pra cima', o sargento costumava dizer. Alguém gritava 'sniper!' e nós metíamos o pé!" Sob um estreito boné marrom mostarda, os olhos dela se apertam e o sorriso vacila. Ela traga o cigarro e exala um fio branco. "Odiava esses snipers de merda."

"Isso não é uma guerra", retruca Sadie. Nós duas olhamos ironicamente para ela. "Digo, não *este* tipo de guerra. Ninguém lá embaixo tá procurando por snipers. Fora que a única chance de você ver a Winnie é logo antes que ela coloque uma bala entre seus olhos." Ela cutuca a própria testa e abre um sorriso torto, um pedaço de tabaco ainda está saliente em uma das bochechas.

Sadie não é uma sniper, mas ela não está mentindo. Essa menina pode atirar nas asas de uma mosca. Nunca esteve nem um dia no exército do Tio Sam — apenas caçava com o avô no Alabama. "Winnie" é a Winchester 1895 dela, com uma coronha de nogueira, um receptor cinza-ardósia cravado e um cano de vinte e quatro polegadas. Eu não conheço muito de armas, mas tenho que admitir: essa é uma baita assassina.

"Toda essa espera tá me deixando inquieta", ela bufa, puxando a camisa xadrez vermelha e preta sob o macacão. "E eu não consigo passar o tempo lendo contos de fadas como a Maryse."

"Contos populares." Eu seguro meu livro. "Tá escrito na capa."

"Tanto faz. Histórias sobre a Raposa Bruh e o Urso Bruh são como contos de fadas pra mim."

"Melhor do que aqueles tabloides toscos que você gosta", retruco.

"Todos dizem que tem verdades neles. É só conferir. Enfim, quando vamos matar alguma coisa? Tá demorando muito!"

Não posso discordar. Já faz uns quarenta e cinco minutos que estamos aqui e o sol de meio-dia de Macon não está de brincadeira. Meu penteado bem trançado e preso se desfez em umidade sob meu boné de jornaleiro. A transpiração fez minha camisa branca listrada grudar nas costas. E estas calças de lã cinza também não ajudam. Prefiro um vestido de verão, solto na cintura, que me deixa respirar. Não sei como os homens ficam confinados assim.

A Chef se levanta, tirando a poeira da roupa e dando uma última tragada no Chesterfield antes de jogá-lo no chão e pisar em cima da bituca com a bota Pershing desbotada. Sempre fico impressionada com a altura dela — não apenas bem mais alta que eu, mas que alguns homens também. Ela é magra, com as pernas e braços longos e escuros, dentro de uma túnica de combate e calças largas. Imagino que os homens do Kaiser sufocaram com os próprios chucrutes ao ver a Chef com os Black Rattlers em Meuse-Argonne.

"Nas trincheiras, a única coisa viva além de nós eram os piolhos e os ratos. Os piolhos eram uns malditos inúteis. Ratos você podia comer. Só precisava saber a isca e a armadilha certas."

Sadie se engasga como se tivesse engolido o tabaco. "Cordelia Lawrence, de todas as histórias desagradáveis que você já contou sobre essa guerra horrível, essa é de longe a mais desagradável!"

"Cordy, você comeu ratos?"

A Chef apenas ri antes de virar as costas e sair andando pela cobertura. Sadie olha para mim, fingindo estar vomitando. Aperto os cadarços das minhas polainas verdes antes de me levantar e enfiar o livro no bolso de trás. Quando alcanço a Chef, ela está do outro lado da cobertura, espiando pela borda.

"Como eu disse", ela volta a falar, "se você quer pegar um rato, pegue a isca e a armadilha certas. Então, basta esperar que ele saia".

Eu e Sadie seguimos o olhar dela até um beco escondido atrás do prédio, longe do desfile e aonde provavelmente ninguém iria. No chão, está a nossa isca. Uma carcaça de cachorro. Ele foi cortado em pedaços — as manchas de sangue rosadas das entranhas banham as pedras do pavimento, em meio ao pelo preto e carbonizado do animal. O fedor chega até aqui.

"Você precisava retalhar ele desse jeito?", eu pergunto, sentindo meu estômago embrulhar.

Chef dá de ombros.

"Pra pegar abelhas, você tem que colocar mel o suficiente."

Tipo a Raposa Bruh pegando o Coelho Bruh, imagino meu irmão dizendo.

"Parece que a gente só tá pegando moscas", Sadie murmura. Ela se inclina sobre a borda para cuspir tabaco na carcaça, errando feio.

Virei meus olhos para ela. "Você poderia ser mais educada?"

Sadie contrai o rosto, mascando ainda mais forte. "O cachorro tá morto. Uma cuspida não vai machucar ele."

"Mesmo assim, podemos tentar não ser grosseiras."

Ela bufa. "Tá se importando com um cachorro, sendo que a gente já matou coisa pior."

Abro a boca, mas decido que não vale a pena responder.

"Macon não vai sentir falta de outro vira-lata", a Chef afirma. "E se ajuda, a bichinha nem sequer viu o seu fim chegando." Ela dá um tapinha na faca alemã na cintura — seu estimado mimo. Não me ajuda. Ficamos encarando a cachorra, enquanto o alvoroço do desfile atrás de nós entra em nossos ouvidos.

"Eu me pergunto por que os Klus gostam de cachorro", Sadie diz, quebrando o silêncio.

"Tostado, mas sangrando", a Chef acrescenta. "Aquele ali mesmo vai ser assado num espeto."

"É isso que tô dizendo. Por que cachorro e não, sei lá, galinhas? Ou porcos?"

"Talvez não tenha galinhas ou porcos de onde eles vêm, só cachorros."

"Ou algo com *gosto* de cachorro."

Meu estômago poderia ficar sem essa conversa, mas quando Sadie começa com os seus discursos retóricos, é melhor seguir o fluxo.

"Talvez eu devesse colocar um pouco de pimenta e alguns temperos nele", brinca a Chef.

Sadie acena em negação. "Os brancos não se importam com pimenta e temperos. A comida deles não tem gosto de nada."

A Chef aperta os olhos sobre as maçãs salientes do rosto, ao mesmo tempo que os fogos disparam em alto e bom som, seguidos pelos estrondos dos rojões. "Sei lá. Quando a gente tava na França, aqueles franceses podiam transformar qualquer merda em iguaria."

Os olhos de Sadie se estreitam. "Cê tá falando de ratos de novo, Cordy?"

"Não tô falando das trincheiras. Em Paris, onde a gente foi depois do armistício, vi que as francesas adoravam cozinhar pros soldados negros. Gostavam de fazer muito mais do que só cozinhar também." Ela dá uma piscadela e abre um sorriso debochado. "A gente comeu por lá o bife tártaro e cassoulet, confit de pato, ratatouille... Sadie, para com essa careta, ratatouille não é com ratos."

Sadie não parece convencida. "Bem, não sei que tipo de gente branca eles têm na França. Mas os que tão aqui não temperam direito a comida, a menos que os Preto façam isso por eles." Os olhos dela se arregalam. "Me pergunto qual é o cheiro dos Pretos pros membros da Klan? Vocês acham que os Pretos cheiram a cachorro queimado pra eles, e é por isso que eles vêm atrás de nós? Será que existem Pretos de onde eles vieram? E se..."

"Sadie!" Eu me levanto, perdendo a pouca paciência que tenho. "Deus sabe que eu já te pedi mais de uma vez pra parar de usar essa palavra. Pelo menos na minha frente?"

Aquela mestiça revira os olhos com tanta força que é um milagre ela não cair no sono. "Por que você tá estressada com isso, Maryse? Eu sempre digo os meus Pretos com um *P* maiúsculo."

Eu olho para ela. "E qual a diferença?"

Ela tem a ousadia de franzir a testa como se eu fosse uma idiota. "Porque com um *P* maiúsculo é respeitoso."

Ao me ver desorientada, a Chef intervém. "E como saber se você tá falando um *P* maiúsculo ou minúsculo?"

Agora Sadie começa a olhar para nós duas como se não entendêssemos que dois mais dois é igual a quatro. "Por que eu falaria preto com um *p* minúsculo? Isso seria insultante!"

Percebo que a Chef está perplexa também. Poderiam colocar todos os cientistas do mundo para analisar como a mente de Sadie funciona; não descobririam. Chef levanta os seus ombros. "Então, os brancos podem chamar alguém de Preto com um *P* maiúsculo?"

Sadie balança a cabeça como se tudo isso fosse uma escritura estabelecida entre Levítico e Deuteronômio. "Nunca! Pros brancos o *p* é sempre minúsculo! E se eles tentarem dizer isso com o *P* maiúsculo, você deveria colocar os dentes da frente deles na parte de trás da boca. Honestamente, vocês duas! Que tipo de Pretas precisam me perguntar isso?"

Eu contraio meus lábios em uma gloriosa forma arredondada, prestes a dizer para ela *que tipo* exatamente eu era, mas a Chef levanta um punho e nós nos aproximamos dela sorrateiramente para espiar por cima da cobertura. Há três Klus entrando no beco.

Eles vestem túnicas e capuzes pontudos brancos. O primeiro é alto e esguio, com um pomo de adão visível daqui. Os olhos dele percorrem o beco, enquanto o nariz, que mais parece um bico, fareja o ar. Ele se aproxima quando avista a carcaça do cachorro, ainda farejando. Os outros dois — um baixo e corpulento, o outro um bloco de músculos de peito largo — logo se juntam a ele.

Noto imediatamente que há algo peculiar neles. Não apenas essas fantasias bobas. Ou porque estão farejando um cachorro picado e meio queimado como pessoas normais farejam uma refeição. É que eles não andam direito: são bruscos e duros. E respiram muito rápido. Essas coisas qualquer um pode notar se prestar atenção, mas o que apenas alguns podem ver — pessoas como eu, Sadie e a Chef — é a maneira como os rostos desses homens se movem. E eu realmente quero dizer *movem*. Eles não ficam parados de forma alguma, balançam e se contorcem como os reflexos daqueles espelhos engraçados nos parques de diversão.

O primeiro membro cai de quatro, com as mãos espalmadas e as pernas dobradas que o deixa na ponta dos pés. Ele coloca a língua para fora e dá uma lambida demorada na carcaça do cachorro, manchando os lábios e o queixo de sangue. Um rosnado no fundo da garganta dele causa cócegas na minha espinha. Então, com rapidez, ele abre bem a boca e enfia os dentes da frente na carcaça, arrancando e engolindo pedaços da carne do cachorro. Os outros ficam de quatro também, se alimentando todos ao mesmo tempo. Isso faz o meu estômago dar cambalhotas.

Meus olhos se voltam para Sadie. Ela já se agachou na posição ideal, Winnie engatilhada, na mira, olhos fixos, respiração estável. Não há mais o mascar do tabaco ou qualquer conversinha. Quando ela se prepara para atirar, fica tão calma quanto uma chuva de primavera.

"Acha que dá pra acertar daqui?", Chef sussurra. "Eles tão muito perto um do outro!"

Sadie não responde, imóvel como uma estátua. Um estrondo de fogos de artifício troveja no desfile e Sadie puxa o gatilho na mesma hora. Essa bala entra bem na curva aberta do cotovelo dobrado do Klu, atingindo a carcaça do cachorro e o que a Chef enterrou lá dentro.

Durante a guerra, Cordy ganhou o apelido de Chef. Não por cozinhar — ou melhor, não por fazer comida. Os soldados franceses a ensinaram a fazer coisas para explodir alemães e derrubar trincheiras; coisas como a que ela enfiou naquela carcaça. Assim que a bala de Sadie atinge a carne de cachorro, tudo é detonado! A explosão é mais alta do que os fogos, e eu me abaixo e cubro meus ouvidos. Quando me atrevo a espiar lá embaixo de novo, não resta nada do cachorro, exceto uma mancha vermelha. Os Klus caídos. O magrelo teve metade do rosto estourado. O outro ficou sem braço. O peito do grandão parece afundado no corpo.

"Caralho, Cordy!", eu suspiro. "Qual o tamanho da bomba que você colocou ali?"

Ela fica sorrindo, maravilhada com o próprio trabalho. "Grande o suficiente, eu acho."

Não foi apenas a pólvora que derrubou os Klus. Aquele cachorro estava cheio de bolinhas de prata e pedaços de ferro. A melhor maneira de derrubar esses demônios. Pego o relógio de bolso Sidewinder na minha calça e abro para ver a hora.

"Você e Sadie trazem o caminhão." Indico os Klus. "Vou deixar no jeito pro transporte. Vão rápido. Não temos muito tempo."

"Por que eu tenho que ir buscar o caminhão?", Sadie se queixa.

"Porque precisamos tirar uma mestiça com uma grande arma velha dessas ruas", responde a Chef, jogando uma corda sobre o parapeito do armazém.

Eu não perco tempo com as reclamações de Sadie; ela tem muitas outras de onde saiu essa. Agarrando a corda, começo a descer. Tentamos o nosso melhor para mascarar o que estávamos fazendo. Qualquer um que procure e encontre três Klus mortos juntos de três mulheres negras... bem, isso seria um problema dos grandes.

Estou quase no chão quando Sadie grita: "Acho que tão se movendo".

"Quê?" Chef pergunta, logo acima de mim. "Pega a corda, garota, e vamos..."

Sadie outra vez: "Tô falando pra vocês, os Klus tão se movendo!".

O que ela tá falando agora? Eu me viro, sem soltar da corda grossa travada na parte inferior das minhas pernas. Coração acelera. Eles tão se movendo! O grande tá sentado, sentindo o peito afundado. O corpulento também se move, olhando para o braço que falta. Mas é o magro que se levanta primeiro com metade do rosto detonado, ossos à mostra. O olho que resta no rosto dele vem em minha direção. A criatura abre a boca para soltar um guincho que não é humano. É quando eu sei que as coisas tão prestes a ficar ruins.

O som nauseante de ossos quebrando, de músculos e carne se esticando e retorcendo toma o beco. O corpo do homem magro cresce para além do possível, rasgando a pele dele com a mesma facilidade que destroça as vestes brancas. A coisa que está no lugar dele agora não pode ser chamada de homem. Facilmente passa dos três metros de altura, com pernas que se dobram para trás como as de uma besta, unidas a um torso longo com o dobro de largura da maioria dos homens. Braços de ossos finos e músculos grossos projetam dos ombros dele, estendendo-se até o chão e terminando em garras tão longas quanto à faca da Chef. Mas é a cabeça que se destaca: longa e curvada, terminando em uma ponta óssea afiada.

Este é um Klu. Um *verdadeiro* Klu. Cada pedacinho dessa coisa é de um branco pálido como osso, terminando em garras que parecem lâminas esculpidas em marfim. A única parte que não é branca são os olhos. Uns seis no total, como um colar de contas vermelhas e pretas enfileirados em trios ao redor das cabeças curvas. Mas, assim como o homem magro, metade do rosto da criatura foi arrancada pela bomba da Chef. Apenas os olhos que sobraram estão fixos em mim agora. E o que seria os seus lábios na boca larga, começa a descascar, revelando um ninho de dentes como pingentes de gelo pontiagudos, prestes a dar o bote.

Presenciar um Klu furioso comigo, enquanto estou pendurada na lateral de um prédio, é uma visão que eu gostaria de esquecer. Ouço um estalo de um rifle e uma bala acerta no ombro da criatura. Outro estalo e uma segunda bala fura o peito. Eu olho para cima e vejo Sadie, me lembrando uma foto que vi uma vez de Stagecoach Mary, projéteis voam enquanto ela puxa o gatilho. Ela acerta o Klu mais duas vezes antes de parar para recarregar. Isso não o mata, apenas o deixa cambaleando, sangrando, enfurecido e em agonia.

Sadie me deu segundos preciosos. Acima, a Chef tá me chamando com o braço estendido. Mas não farei essa escalada, não enquanto o Klu estiver no meu percalço. Procurando freneticamente por uma saída, meus olhos pousam em uma janela. Eu deslizo pela corda, com as palmas das mãos queimando em atrito com as fibras grossas. Por favor, que esteja aberta! Não tá aberta, mas quase grito um "Aleluia!" quando vejo que tá faltando vidro em um dos lados. Agarro a borda superior da janela com a mão enquanto enfio o meu sapato Oxford marrom na parte inferior. Lá em cima, ouço gritos e, com o canto do olho, vejo o Klu correndo e saltando para cima de mim, com as garras estendidas e a boca aberta.

Entro pela fenda aberta da janela e pulo segundos antes do Klu se chocar contra a parede. O longo focinho dele estilhaça o restante do vidro, estalando no ar. O rifle de Sadie dispara de novo e o monstro grita de dor. Olhando para cima, a coisa crava suas garras ósseas no tijolo e começa a escalar.

Vejo tudo isso deitada sobre um fardo de algodão. Por sorte. Senão, ao cair direto no chão de madeira, eu seria uma visão menos amigável. Ainda assim, essa queda doeu demais. Leva algum tempo para que eu consiga me virar e ficar de pé, sentindo dores por todo o corpo. Exceto pela luz do sol entrando pelas janelas, tá escuro. Sufocante e quente também. Eu balanço minha cabeça para me localizar. Não ouço mais tiros de rifle, mas sei que deve estar havendo uma luta na cobertura. Preciso voltar lá para ajudar a Chef e Sadie. Preciso...

Algo pesado bate nas portas do armazém, fazendo com que eu dê um pulo. Alguém finalmente ouviu o barulho que fazíamos por trás dos fogos e rojões e veio olhar? Mas quando as portas são atingidas outra vez, forte o suficiente para quase serem destruídas, eu sei que não são pessoas. A única coisa grande o suficiente para fazer isso é... As portas são arrancadas antes que eu possa terminar o pensamento, deixando invadir a luz do dia e os monstros. Os dois outros Klus. Minha sorte acabou.

Eles são fáceis de reconhecer. Um tá sem braço. O outro, provavelmente o maior Klu que já vi, tá com um amassado no peito branco e pálido. Os dois farejam o ar, caçando. Os Klus não têm boa visão, apesar dos seis olhos. Mas farejam melhor que cães. Basta dois batimentos cardíacos meus para eles se virarem em minha direção. Eles galopam de quatro, rosnando e me marcando como uma presa.

Mas como já disse, eu caço monstros.

E eu tenho uma espada que canta.

Ela vem até mim através do pensamento e de uma oração meio sussurrada. Um cabo de prata surge da fumaça que se estica como um fio de óleo preto antes de pingar, e se encaixa na minha mão. A espada plana e em forma de folha tem quase metade da minha altura e é repleta de desenhos cravados no ferro escuro. As visões dançam em minha cabeça como sempre fazem quando a espada surge: um homem martelando prata, com os pés cortados em carne viva em uma mina no Peru; uma mulher gritando e expelindo sangue de parto nas entranhas de um navio negreiro; um menino perambulando em um arrozal da altura do peito dele nas Carolinas.

E, então, há a garota. Sempre ela.

Sentada em um lugar escuro, tremendo, olhos arregalados olhando para mim com medo. Esse medo é poderoso como um lago sombrio ameaçando me ungir em um terrível batismo.

Vai embora, eu sussurro! E ela vai.

Exceto pela garota, as visões nunca são iguais. Pessoas mortas sabe se lá Deus por quanto tempo. Seus espíritos são atraídos pela espada e eu consigo os ouvir cantar, línguas diferentes se misturando em uma harmonia que me envolve e entra na pele. São eles que obrigam aqueles que tão presos à espada — os donos e reis que os venderam — a invocar os velhos deuses africanos para se levantarem e dançarem ao ritmo da música.

Tudo isso acontece em alguns piscares de olhos. Seguro minha espada com as duas mãos e a levanto para enfrentar os Klus que se aproximam. Por maior que ela seja, a espada tem sempre o peso ideal, tão fácil de carregar que parece ter sido feita especialmente para mim. Em uma explosão repentina, o ferro preto irrompe em luz como se um dos deuses africanos abrisse um olho brilhante.

O primeiro Klu é cegado pelo brilho. Ele para de repente, erguendo seu único braço restante para se proteger da luz. Eu recuo, dançando ao som dos cânticos na minha cabeça, o ritmo deles é meu guia e suingue. A lâmina corta a carne e o osso como se cortasse um bife duro. O monstro grita ao perder o segundo braço. Eu prossigo com um corte no seu pescoço exposto, e ele cai, borbulhando e jorrando um sangue escurecido. O Klu maior pisa sobre o outro na tentativa de me alcançar, e um estalo agudo, que parece ser a espinha do monstro ferido, ressoa.

Um a menos.

Mas o Klu maior não me dá tempo para descansar. Ele vem para cima e eu pulo fora do caminho na tentativa de não ser esmagada. Aplico um golpe certeiro nele; ele uiva, mas ataca outra vez e a mandíbula dele quase alcança o meu braço. Me abaixo, entro e rastejo profundamente no labirinto de algodão embrulhado, ziguezagueando antes de me espremer em um espaço e ficar imóvel.

Posso ouvir o Klu me buscando, arranhando fardos de algodão. Felizmente o brilho da minha espada se apagou. Mas não vou ficar escondida por muito tempo. Tenho que voltar à caça. Acabar com isso.

Vamos, Coelho Bruh, meu irmão insiste. Pense em algo para enganar o velho Urso Bruh!

Puxo o meu relógio de bolso e o beijo. Levanto o mais rápido que posso e atiro o relógio no piso de madeira. O Klu rasga tudo o que está ao seu redor e persegue o barulho. Enquanto isso, subo nos fardos de algodão, correndo e pulando de um para o outro, até chegar aonde o monstro está curvado, cheirando meu relógio de bolso antes de esmagar com o pé cheio de garras.

Isso me deixa extremamente furiosa.

Com um grito, me lanço contra ele. Os cânticos em minha cabeça atingem um nível febril.

Eu pulo nas costas da criatura e afundo a espada em sua carne bem na base do pescoço. Antes que me jogue para longe, agarro as cristas da cabeça pontuda e, usando o peso do meu corpo, empurro a espada ainda mais fundo. O Klu estremece antes de cair de cara no chão, e os ossos se transformarem em geleia. Eu tombo com ele, tendo cuidado para não sofrer um esmagamento e ainda permaneço segurando o cabo de prata da minha espada. Recupero o fôlego e faço uma verificação rápida para ter certeza de que nada meu está quebrado. Em seguida, fico de pé, pressiono minha bota nas costas dessa coisa morta e puxo a espada. O sangue escuro chia na lâmina como água em uma frigideira quente.

Percebo um movimento de soslaio e giro. É a Chef e Sadie. O alívio força meus músculos a relaxarem e o cântico em minha cabeça se reduz a um murmúrio. A Chef solta um assobio baixo ao ver os dois Klus mortos. Sadie apenas grunhe — o mais perto que ela chegaria de um elogio. Preciso dar uma olhada aos arredores. Em algum lugar ao longo do caminho, perdi meu boné e meu cabelo desfeito está como uma nuvem escura emaranhada que emoldura meu rosto cor de café.

"Teve que chamar o seu espetador de porcos?", Sadie pergunta, olhando para minha espada.

"E o lá de cima?", pergunto, respirando pesado e ignorando ela.

Sadie dá uma tapinha na Winnie. "Levou um banho de balas."

"E desta faca, quando as coisas ficaram íntimas demais", a Chef acrescenta, acariciando o mimo de guerra.

Lá fora, o desfile tomou seu rumo. Mas ainda dava para ouvir a banda e os fogos de artifício, como se uma batalha com um bando de monstros não tivesse acontecido a algumas ruas dali. Mesmo assim, alguém por lá deve saber a diferença entre fogos de artifício e um rifle.

"Precisamos vazar", eu digo. "A última coisa de que precisamos é da polícia."

Os policiais de Macon e a Klan não se dão bem. Surpreendente, não é? Parece que não pegou bem para a polícia aquela ameaça deles de ter um candidato a próximo xerife. Isso não significa que a polícia seja amigável com os negros. Portanto, tentamos não cruzar o caminho deles.

Quando Urso Bruh e Leão Bruh começam a lutar, lembro do meu irmão dizendo, *é melhor ficar longe disso, Coelho Bruh!*

A Chef acena com a cabeça. "Ei, mestiça, o que cê tá fazendo aí?"

Eu me viro e encontro Sadie cutucando um fardo de algodão com seu rifle.

"Você nunca trabalhou em um campo", ela murmura. "Não espero que você saiba dessas coisas, mas a colheita tá apenas começando em julho. Armazéns como este deveriam tá vazios."

"E daí?", eu olho nervosa para o beco. Não temos tempo para isso.

"E daí", ela responde, enquanto enfia um braço nos fardos, "que eu quero saber o que eles tão escondendo." O braço dela retorna segurando uma garrafa de vidro escuro. Sorrindo, ela puxa a rolha e toma um gole que a faz se tremer todinha.

"Uísque de Tennessee!", ela grita.

A Chef mergulha em outro fardo, cavando com a faca, e retira mais duas garrafas.

Faço um grunhido para Sadie. Uísque do Tennessee vale bastante, principalmente agora com a Lei Seca ainda em vigor. E toda essa pequena operação de caça aos monstros custa grana.

"Vamos levar o que pudermos, mas precisamos nos apressar!"

Olho para o Klu morto. A pele branca como osso está ficando acinzentada, fragmentos descascam e flutuam no ar, como cinzas de papéis se transformando em pó diante dos nossos olhos. Isso é o que acontece com um Klu morto. O corpo apenas desmorona como se não pertencesse a este lugar — e garanto que *não* pertence. Em cerca de vinte minutos não haverá sangue, ossos ou qualquer coisa. Apenas poeira. Isso faz com que você se sinta lutando contra sombras.

"Você precisa de ajuda com...?" Ela aponta na direção do Klu morto.

Eu balanço a cabeça e ergo minha espada. "Você traz o caminhão. Nana Jean tá nos esperando. Eu me viro por aqui."

Sadie bufa. "Todo aquele drama por causa do cachorro e isso aí não faz você nem sequer piscar."

Eu as vejo irem embora antes de cravar meus olhos no Klu morto. Sadie deveria entender. O cachorro não machucou ninguém. Esses demônios são maus e precisam ser abatidos. Não tenho um pingo de remorso por essas coisas. Levanto minha espada e a desço com um golpe firme, cortando o antebraço do Klu pelo cotovelo. Sangue e tripas espirram em mim, logo se transformando em partículas de poeira. Na minha cabeça, reinicia o canto de anos atrás dos escravizados mortos e senhores amarrados. Eu me pego sussurrando junto a eles, perdida no ritmo da espada cantante, enquanto faço meu trabalho macabro.

IDENTIDADE

2

O desfile desaparece conforme abandonamos o centro de Macon em nosso velho Packard com portas verdes desbotadas, um motor barulhento e rodas remendadas. Mas ele funciona tão bem quanto os caminhões a motor mais novos, a Chef sempre diz. Ela está no volante, enchendo a cabine com uma espessa fumaça de cigarro.

"Por que eu sempre tenho que sentar no meio?", Sadie reclama, apertada contra nós e com o Winchester enfiado entre os joelhos. "E por que toda vez é a Cordy que dirige?"

"Porque sou a mais velha", a Chef responde, tragando o Chesterfield.

"E daí? Eu fiz 21 no mês passado. Seis anos a mais não fazem muita diferença."

"Vamos lá: eu que dirigi isso da França pra cá. E se eu pude desviar das minas alemãs, posso desviar dos buracos de Macon." Ela desvia de um para provar seu ponto.

"Tá bom, e por que a Maryse que senta perto da porta? Ela só é quatro anos mais velha do que eu."

"Por que eu não fico pendurada na janela tentando atirar em coelhos?"

Sadie revira os olhos. "Primeiro tem dó dos cães, agora dos coelhos."

"Se quiser, cê pode ir na parte de trás." Chef aponta na direção da carroceria da caminhonete, que está coberta por um toldo saliente marrom. Sadie resmunga e abaixa a cabeça com um olhar de decepção. Ninguém gostaria de sentar perto do que estamos carregando.

Observo a janela e leio os anúncios nas paredes do centro de Macon. Vejo um anúncio do chiclete de hortelã Wrigley. Há outro com o garoto da Uneeda Biscuit usando a capa de chuva amarela e carregando uma caixa de biscoitos. Mas o que os meus olhos fixam é um pôster ocupando a lateral inteira de um edifício. Ele mostra dois soldados da Guerra Civil, um vestido de azul, outro de cinza, apertando as mãos sob uma chamativa bandeira americana: *D.W. Griffith apresenta* está impresso em vermelho, abaixo, em letras brancas garrafais, O NASCIMENTO DE UMA NAÇÃO. "Venha ver o relançamento do filme que emocionou o país!", diz a legenda abaixo do título. "Domingo, na Stone Mountain!"

Sadie se inclina sobre mim, botando a cara para fora da janela e xingando o pôster.

Não a critico.

· · ·

Vejam, a Segunda Klan nasceu no dia 25 de novembro de 1915. Chamamos essa data de Dia D ou Noite do Diabo. Foi quando William Joseph Simmons, um bruxo velho qualquer, e quinze outras pessoas se encontraram na Stone Mountain, a leste de Atlanta. As histórias contam que eles fizeram a leitura de um livro de magia escrito com sangue sobre pele humana. Não posso garantir que era mesmo, mas foram eles que invocaram os monstros que chamamos de Klu. E tudo começou com esse maldito filme.

O Nascimento de uma Nação vem de um livro. Na verdade, dois livros: *O Homem do Clã* e *As Manchas do Leopardo*, de um homem chamado Thomas Dixon. O pai de Dixon foi um proprietário de escravos na Carolina do Sul, na época da Confederação. E um feiticeiro. Pelo que ouvi falar, uma galera enorme da Confederação mexia com feitiçaria. Magia das trevas também. Jeff Davis, Bobby Lee, Stonewall Jackson... todos ligados com coisas piores que o Diabo.

Os primeiros grupos da Klan surgiram depois da guerra. Nathan Bedford Forrest, outro feiticeiro perverso, e alguns rebeldes de má índole venderam suas almas aos poderes do mal. Começaram a se autodenominar Cavaleiros Noturnos. *Bruxos*, como os negros libertos os chamaram. Eles contam que esses primeiros Klans tinham chifres e pareciam feras! As pessoas pensam que é apenas uma superstição dos negros, mas algumas dessas pessoas que foram escravizadas puderam *ver* no que Forrest e aqueles rebeldes cheios de ódio haviam se tornado. Monstros, como os Klus.

Foram essas pessoas libertas que ajudaram a acabar com a primeira Klan, formada por Robert Smalls e seu bando. As Klans foram destruídas, mas o mal que libertaram sobreviveu, chicoteando e matando negros pelo simples fato de podermos votar, massacres constantes sob a cautela da lei Jim Crown que nos sufoca até hoje, e nos expulsando de qualquer posição de poder. É difícil dizer quem ganhou a guerra e quem perdeu.

Para alguns, porém, isso não era o suficiente.

O pai de Thomas Dixon estava nas primeiras Klans e o ensinou essa feitiçaria das trevas. Dixon Jr. escreveu seus livros como uma conjuração destinada a entregar as almas dos leitores aos poderes do mal, buscando trazer a KKK de volta. Mas os livros alcançam um número limitado de pessoas. Foi quando D.W. Griffith tomou a frente do negócio. Ele e Dixon começaram a trabalhar juntos e transformaram os livros em um novo tipo de magia: o cinema.

Quando *O Nascimento de uma Nação* foi lançado em 1915, os jornais falavam da semelhança do filme com a vida real, e que era algo que ninguém havia visto até então. Os ingressos esgotaram semana após semana, mês após mês. Foi mostrado na Suprema Corte, no Congresso e até na Casa Branca. Gente branca começou a devorar filmes de homens brancos com graxa preta na cara correndo atrás de meninas brancas. Mulheres brancas desmaiavam nos assentos. Ouvi dizer uma vez que um branco puxou uma pistola e atirou na tela, dizendo que estava tentando "resgatar a bela donzela daquele maldito negro selvagem". Quando as Klans cavalgam galantemente em seus cavalos para salvar o dia, os brancos enlouqueciam — como se estivessem possuídos, os jornais diziam, o que não está muito longe da verdade. Dixon e Griffith fizeram uma conjuração que atingiu mais pessoas do que qualquer livro poderia.

Naquele mesmo ano, Simmons e sua cabala se encontraram na Stone Mountain. *O Nascimento de uma Nação* capturou todas as almas que necessitava para despertar os antigos poderes do mal. Em todo o país, os brancos que nunca tinham ouvido falar da KKK se renderam ao feitiço daquelas imagens em movimento. O filme fez com que eles acreditassem que as Klans eram os verdadeiros heróis do Sul, e que os negros eram monstros.

Eles dizem que Deus é bom o tempo todo. Parece que ele gosta de uma ironia também.

• • •

Saímos do centro, passando pelas lindas mansões da College Street e entramos em Pleasant Hill com suas casas de fazendas térreas, pequenas lojas de espingardas pintadas com cores vivas e algumas casas de negros bem de vida. Pessoas livres se mudaram para Pleasant Hill, perto da College Street, para que os brancos pudessem manter seus cozinheiros e criados por perto. Eles têm os próprios advogados, médicos, mercearias, o que você quiser. Como se fosse uma Macon a parte.

Ainda assim, não há linhas telegráficas, as ruas não são pavimentadas e o nosso Packard levanta muita poeira neste calor seco de julho. Dois anos atrás, Pleasant Hill ficou completamente sem água. A população não podia dar banho em bebês, cozinhar, limpar. A cidade se moveu lenta como melaço para resolver isso em janeiro. A única vez que a polícia de Macon vem para cá é quando um negro foge de um grupo de prisioneiros acorrentados. Então eles vêm em motocicletas, cercando toda a área.

Passamos pelo cemitério de negros em uma longa curva e descemos em um trecho acidentado da estrada que faz Sadie soltar uma série de xingamentos. A fazenda de Nana Jean parece quase abandonada, com os campos de arbustos e plantas em vasos sem poda. Não é grande: uma casa térrea com um telhado inclinado sustentado por quatro pilares, uma chaminé de tijolos vermelhos, madeiras amarronzadas desbotadas pelo sol e marcadas pela chuva. Apenas a porta da frente, azul clara como as molduras da janela e o teto da varanda, se destaca.

Chef estaciona o Packard e Sadie já começa a se inquietar para que eu saia. Nem sequer abri a porta direito e um rosto surge do celeiro nos fundos da casa, um rosto olhando por trás de um par de óculos de soldador. Então o corpo aparece: uma mulher usando um avental cinza de solda, todo manchado de fuligem, sobre um vestido branco. Ela levanta a bainha e começa a andar apressada com suas botas pretas. Por Deus, essa mulher Choctaw corre mesmo! Antes que eu descesse do veículo, ela já está diante de nós.

"Deu certo?", ela arfa, tirando os óculos escurecidos.

"E bom dia para você também, Molly," a Chef cumprimenta, pulando da caminhonete.

"Deu certo?", ela pergunta de novo, franzindo o rosto redondo e com o corpo de um metro e meio quase estremecendo. Com a mão enluvada, ela puxa o gorro que está segurando seus cabelos de fios grisalhos. Molly Hogan é uma espécie de cientista. E quando ela quer muito alguma coisa, ela se torna extremamente obstinada.

"Lá atrás", respondo. Ela me segue até onde a Chef está levantando a lona. Na carroceria, entre dois fardos de algodão, tem grandes vasilhas de vidro preenchidas por um líquido turvo. Uma dessas vasilhas guarda a cabeça de um Klu com o rosto esmagado. A outra tem a mão de um deles, com as garras compridas e tudo. Uma terceira tem o pedaço de um pé.

"Eu esperava por um corpo intacto", diz Molly inspecionando as vasilhas como se estivesse em um açougue.

"Você não tem nada que caiba um corpo inteiro", eu comento.

"Eles pelo menos tão em sua fase dormente?" *Dormente*. É assim que ela chama quando um Klu finge ser humano. Molly não vê como a gente. Para ela, o que está sendo preservado naquele líquido é a cabeça, as mãos e os pés decepados de um homem, não de um monstro. Isso não parece um incômodo para ela. Os cientistas são estranhos.

"Foi tudo muito complicado", eu digo. "E de nada! Quase morri pra conseguir pegar isso. A gente pensou que eles tinham morrido, mas se levantaram e com certeza não estavam mais *dormentes*. O negócio se transformou numa briga feia!"

Ela olha para mim como se acabasse de notar o meu estado lamentável. As bordas dos olhos dela se contraem, formando pequenos pés de galinha. "A bomba da Cordy não funcionou?"

"Minha munição estava boa", a Chef rebate.

Molly parece cética. "Deveria ter mais ferro e prata lá dentro..."

"Deveria", interrompe a Chef. "Nem começa."

Molly franze a testa e chama alguém no celeiro. Três mulheres vêm correndo, todas vestidas como ela, só que mais jovens: uma da minha idade, uma perto da idade de Sadie e a outra acabou de fazer 18 anos. Seguindo as instruções de Molly, elas começam a pegar as vasilhas. São necessárias duas delas para levantar cada vidro. Um dos recipientes quase escapa das mãos de Sarah, a mais velha das garotas. A Chef alcança a vasilha antes da queda e Sarah fica vermelha ao agradecer. A Chef abre um sorriso e ela cora ainda mais. Dou uma cotovelada nas costelas dela.

"Ai! Que foi?"

"Não precisamos desse tipo de problema."

A Chef ri, observando Sarah se afastar. "Aqueles quadris não são problema nenhum."

Nos endireitamos quando Molly se vira para nós. "O que tem nesse algodão?"

Sadie, sentada em cima de um fardo, pesca uma garrafa e a sacode.

"Uísque!", Molly ri. "Como vocês conseguiram isso?" Seu olhar fica sério outra vez. "Desculpem pela minha grosseria. Tô um pouco aborrecida: tenho três destilarias, sem mencionar o meu outro trabalho." Ela indica a casa com a cabeça. "Entrem e peguem um pouco de comida. Aviso quando terminar tudo aqui."

Ela volta para o celeiro e nós vamos em direção à casa. Ao longo do caminho, passamos ao lado de pequenas árvores com garrafas azuis-escuras penduradas nos galhos. O vento quente do verão as faz assobiarem baixinho. Assim como na porta e no teto da varanda, esse azul serve para afastar demônios. O povo Gullah diz que essas garrafas capturam os maus espíritos. Não consigo ver a utilidade disso contra os Klus, mas não sou do tipo que questiona os métodos de Nana Jean. De dentro da casa, escutamos palmas e cantos. A porta está entreaberta, mas quando a empurramos, a visão é de tirar o fôlego.

Um cântico. No centro da sala, cinco homens e mulheres — com os cabelos salpicados de branco — se movem em um círculo ao ritmo da música. Os Cantadores. Marcando o tempo está o Homem Palito, curvado, batendo com a bengala no chão. Atrás dele, três Percussionistas, de macacões puídos por conta do trabalho, batem palmas com as mãos que também estão gastas. Eles gritam em resposta ao Líder, um homem de peito largo chamado Tio Will, portando um chapéu de palha, berrando para o mundo ouvir.

"Sopra, Gabriel!"
"No Juízo."
"Sopra este trompete!"
"No tribunal do Juízo."
"Que o meu Senhor te chame!"
"No Juízo."
"Anjos gritando!"
"No tribunal do Juízo."

O Cântico vem dos tempos da escravidão. Isso é o que o tio Will afirma, mas talvez seja mais antigo ainda. Os escravizados faziam os Cânticos nas folgas de domingo. Ou quando iam até as florestas sem ninguém saber. Eles se juntavam e se organizavam da seguinte maneira: o Líder, o Homem Palito e os Percussionistas cantavam, batiam palmas e os pés, enquanto os Cantadores se moviam ao ritmo da música. No Cântico, você deve se mover da forma que o espírito ordena e não pode parar até que ele permita. E não chame isso de dança! A menos que queira que o tio Will voe na sua goela. O Cântico não é a música em si, é o *movimento*. Ele diz que Cânticos como esse são os mais poderosos; Cânticos de sobrevivência aos tempos de escravidão, de oração por liberdade e um pedido para Deus acabar com aquela maldade.

Eu posso sentir a espada desvanecer em minha mão, como se fosse um negócio fantasmagórico — metade neste mundo, metade no outro. O canto em minha cabeça recomeça, donos e reis choram ao ver aqueles que venderam com a espada em forma de folha, velhos deuses despertam ao ritmo do Cântico. Todo o ambiente está inundado de luz expelida pelos participantes, relâmpagos estalam da bengala do Homem Palito e deixam rastros deslumbrantes, onde os pés dos Cantadores se arrastam sem sequer se movimentar. O brilho ofusca tudo ao meu redor — até mesmo a garotinha assustada sussurrando seus medos, antes de desaparecer na fumaça. Minha espada absorve essa magia e o canto na minha cabeça fica mais alto. Mas não é só comigo. A maior parte dessa luz flui na direção de uma mulher no centro da sala, usando um vestido azul-claro.

Nana Jean.

A magia está a lavando por completo, seus braços longos, que parecem feitos de terra escura compactada, absorvem a luz que escorre em gotas enormes da ponta dos seus dedos aos frascos dispostos ao redor, e o líquido nesses frascos vão se transformando em um ouro cor de mel, se acendendo como uma lamparina. Vi essa mulher gullah fazer isso inúmeras vezes, mas meus olhos continuam se arregalando.

Quando o Cântico termina, a luz desaparece. Cantadores, Percussionistas, Homem Palito e o Tio Will cobertos de suor, depois de se entregarem de corpo e alma. Nana Jean deixa o corpo carnudo cair em uma cadeira, fazendo a madeira ranger, enquanto os meninos pegam as garrafas e as empacotam em caixotes.

Eis a receita secreta que habita nessas garrafas de Nana Jean: um pouco de milho, licor de cevada e uma porção de raiz mágica de Gullah. Para alguns, é uma bebida suave como gim ou forte como uísque. Outros a usam para santificar lares. Ou para banhar crianças. As pessoas chamam essa bebida de todos tipo de coisa: Lágrimas da Mamãe, Água Pura, Mami Wata. Mas cada garrafa estampa o nome dela em letras simples: Água da Mamãe.

Nana Jean concebe isso como uma proteção. Um pouco de magia para afastar o mal dos nossos tempos: Klans, linchamentos, multidões. E Klus. Talvez funcione, talvez não. Mas essa mistura dela é uma das maiores fontes de dinheiro do nosso condado. Quando eu, Sadie e a Chef não estamos perseguindo Klus, estamos vendendo a Água da Mamãe pela Geórgia. Como disse, esse negócio de caça a monstros não se paga.

O cheiro de comida vindo de uma das mesas me dá água na boca. Algumas pessoas já estão em cima, empilhando comida nos pratos. Estou pronta para me juntar a eles quando sinto o olhar de Nana Jean me chamando. Eu suspiro. A comida vai ter que esperar. Caminho no meio da multidão, em direção a ela.

Essa velha é a razão de eu estar em Macon agora. Três anos atrás, eu ouvi o chamado dela pelas bandas de Memphis, um sussurro que batia de frente com o vento como se fosse sementes de dente-de-leão naquele Verão Vermelho. Me alcançou quando eu estava correndo pela floresta do Tennessee: meio enlouquecida, espada na mão, buscando uma vingança qualquer pelo que os Klus fizeram. Sadie estava na mesma frequência, tocando o terror no Alabama com a Winnie, depois dos Klus assassinarem o avô dela. Cordy voltou da guerra direto para o Harlem e depois seguiu até Chicago, fugindo dos pesadelos dela, alegando que podia ver monstros. Mas Nana Jean mandou que a gente parasse por um instante, voltasse os ouvidos para ela e a seguisse. Ela nos recrutou como soldadas nesta guerra.

"Nana Jean", a saúdo respeitosamente.

Ela continua sentada na cadeira grande. O cabelo branco crespo, quase tão volumoso quanto o meu quando não está amarrado, cai sobre os ombros. O cheiro de terra cultivada no campo preenche o espaço entre nós duas, e os olhos dela, castanhos com um tom de mel, não saem de mim. Ela franze a testa e segura a minha mão direita. A espada se foi, mas sei que os olhos dela podem detectar os vestígios fantasmagóricos da arma. Ela não aprova a espada. Ou a origem dela. Nana Jean diz que os presentes dos demônios cobram um preço alto. Mas ela tem a magia dela. E eu tenho a minha.

"Os diabo buckrah deu problema pra vocês?", ela pergunta.

Nana Jean foi criada como gullah, embora tenha estado em Macon a maior parte da vida. Dizem que o povo dela se limita às ilhas da Carolina, e estar longe por tanto tempo a desvaneceu um pouco. Embora o sotaque gullah não pareça nem um pouco enfraquecido.

Conto o que aconteceu e as sobrancelhas grossas dela saltam como lagartas brancas. "Certeza que os diabo buckrah tá morto?"

Minha vez de franzir a testa. "Eu sei a diferença entre um Klu morto e um vivo. A prata e o ferro os atingiram em cheio, mas eles se levantaram imediatamente."

"Ki! Os diabo buckrah não presta." E emenda, mais sóbria: "Se as prata não tá servindo mais, problema é sério. Deus ajude".

"Nada que não possamos resolver." Solto palavras corajosas, mas compartilho da inquietação dela.

"Matou algum buckrah burro?"

Ela chama os Klus de *diabos Buckrah*. *Buckrah burros*, ela reserva aos membros da KKK que não se transformaram. Ela é bem severa sobre matarmos aqueles que ainda são humanos. Diz que todo pecador tem uma chance de acertar. A meu ver, um membro da Klan a menos é uma chance a menos de nascer um Klu. Mas eu acato as suas regras e faço que não com a minha cabeça.

Ela acena, enquanto os olhos vagam até os Cantadores. Tio Will conversa com uma mulher pequena de cabelo amarrado e que veste um humilde vestido marrom, é a viúva alemã, Emma Krauss. O marido dela tinha uma loja na cidade, mas a gripe o pegou em 1918. Ela ainda tem a loja e está envolvida em nosso negócio de contrabandos. Mas quando morava na Alemanha, ela estudou música e não se cansa dos Cânticos. Passa um tempo escrevendo as canções e perguntando como elas surgiram.

"Quando o próximo lote vai partir?"

Nana Jean resmunga. "Diz eles que sexta. Mas é dia de grande reza. E as raízes ser necessária pro que chamam de bruxaria". Ela bufa. "Mas é grande reza."

Isso não é bom. Os Cantadores são necessários para preparação da Água da Mamãe. Apesar de algumas pessoas ainda dizerem que é errado misturar as raízes mágicas gullah com o Cântico. E está longe de ser o ideal nos contrabandos. Mas o argumento de Nana Jean é manter as pessoas vivas; as almas, nos preocupamos depois. Ela convenceu tio Will desse jeito, principalmente porque ele gostava dela.

"Mas talvez eles fique mais pra comer comida." Ela dá uma piscadela. A menção da comida aumenta minha fome, que deve estar transparecendo no rosto. "Faz seu prato, antes que a menina ali come tudo!"

Não preciso olhar para saber que ela tá falando da Sadie. Essa garota pode comer uma vaca inteira, e só Deus sabe onde ela coloca tudo isso que entra. Me viro para ir comer, mas Nana Jean segura meu braço. Volto para encontrar seu rosto trovejante e os olhos dourados e brilhantes como o sol.

"De noite, três galo cantaram pra lua!", ela sibila. "De manhã, vi rato comer cobra grande, bem grande! Eu sonhar com homem buckrah cabeça vermelha. Presságio ruim. Ruim, ruim, ruim. Agora é vocês." Ela aponta o queixo trêmulo pra Sadie e pra Chef. "Tempo meu já foi. É seu agora. Tempo ruim vindo."

Quando ela me solta e se inclina para trás, eu percebo que estava prendendo a respiração. O que diabos foi isso? Antes que pudesse perguntar, a velha gullah fecha os olhos e murmura baixinho. Eu sacudo o corpo na tentativa de expulsar o calafrio dos meus ossos e ergo a cabeça, buscando me juntar aos outros.

Pego um prato e logo me sento. Estou morrendo de fome! Como arroz de ostra, camarão picante com grãos, quiabo frito, peixe assado e bolo de milho doce e salgado. Se não fosse minha educação familiar, estaria lambendo todinhos os dedos. Ao meu lado, Sadie geme, esfregando a barriga, enquanto a Chef e a viúva alemã discutem tempestuosas.

"O que elas tão falando?", pergunto.

"Sobre o que elas sempre falam?", Sadie devolve a pergunta.

Emma pega um tabloide de Nova York — ela sempre recebe na loja dela — com fotos que lembram o atentado à bomba em Wall Street, de 1920, e me dá um pequeno panfleto. Vejo o desenho de três homens — um negro, outro branco, o outro provavelmente asiático — martelando uma esfera acorrentada. TRABALHADORES DO MUNDO, UNI-VOS!, diz o título. A cara de Emma essas coisas, sem dúvidas. A Chef não se importa muito com esses negócios que ela chama de discurso dos bolcheviques.

"E eu não quero ver os negros sendo usados como pelotão de frente na sua revolução", Chef insiste. "Aqui não é Moscou."

"Não", Emma responde. "Mas aqui existem todas as desigualdades da Rússia do czar. Meeiros como servos. A degradação dos trabalhadores. Preconceito racial. Tudo o que o socialismo erradicaria!"

"O socialismo vai abdicar o povo branco?"

"Uma vez que o trabalhador branco e pobre ver a sua semelhança com os negros..."

A Chef ri. "Seus pobres trabalhadores brancos são os primeiros a querer nos linchar. Em Chicago, eles perseguem os próprios negros dos sindicatos deles." Ela se inclina. "Quando eu era pequena, os brancos se revoltaram porque Jack Johnson nocauteou um branco no dia Quatro de Julho. Eles começaram a nos caçar de Nova York a Omaha. Cortaram a garganta de um homem negro em um bonde só para mostrar quem venceu a luta. Você acha que Marx pode consertar isso?"

Emma franze a testa. Ela é dez anos mais velha do que eu, embora seja difícil afirmar isso por conta dos traços inofensivos escondidos sob os óculos redondos. "Devemos nos esforçar para mostrar que eles também são explorados. E não por aqueles que eles são ensinados a odiar, afinal, eles não ganham nada em troca por não gostarem de negros."

"Aí que tá, eu discordo", retruca a Chef. "Os brancos ganham algo com esse ódio. Podem não ser salários, mas eles sabem que nós estamos no fundo do poço e eles tão acima. E isso, para eles, vale tanto ou até mais que dinheiro."

"Mas você não consegue imaginar uma sociedade melhor?" Emma implora. "Onde os brancos e os negros trabalham pro bem maior? Onde as mulheres são iguais aos homens? Eu não apoiei a Grande Guerra, até porque foi uma criação capitalista. Mas você lutou nela. E, pra isso, você teve que se fazer de homem pra se juntar a esses Harlem Hayfighters."

"Hellfighters", a Chef corrige.

"Ach! Meu ponto é: a gente pode ousar imaginar um mundo mais igualitário."

A Chef balança a cabeça. "Imaginar uma coisa não faz acontecer. Eu diria pra deixar os negros acumularem dinheiro como os brancos fazem; vamos pegar alguns Rockefellers e Carnegies. Meu povo já teve problemas suficientes pra abraçar os bolcheviques. Já pensou que o *seu* povo se daria bem se você não andasse divulgando o comunismo por aí?"

Emma abre um sorriso triste, criando covinhas nas bochechas. "Meu povo ganha dinheiro e somos 'capitalistas gananciosos'. Pedimos uma sociedade justa e somos 'bolcheviques sujos'. Aqueles que querem odiar os judeus sempre encontrarão uma justificativa para isso. Eles enforcaram o pobre sr. Frank aqui na Geórgia, afinal de contas. Sem nenhuma consideração pelas leis ou pelo bom senso."

A Chef grunhe. "O bom senso e a lei não significam muito quando os brancos querem alguma coisa."

Eu coloco o panfleto de lado e pego o meu livro. Ele está amarrotado e gasto, mas a frente ainda é visível: CONTOS POPULARES DOS NEGROS. Eu abro e deixo as palavras afogarem o mundo, até que Sadie me cutuca.

"Quantas vezes você já leu isso?"

Dou de ombros. "Nunca contei."

"Você não tem nenhum livro novo?"

"Era do meu irmão." É a primeira vez que digo isso a alguém.

"Ah. Ele escreveu isso?"

"Não. Mas ele costumava ler pra mim."

"Histórias sobre o Coelho Bruh e o Urso Bruh?"

"E o Leão Bruh e o Bebê Tar..."

Um sorriso irrompe dos meus lábios ao me lembrar da voz dele, sempre animado ao narrar essas histórias.

"Vovô contava histórias", Sadie diz. "Não eram de animais falantes. Eram de luzes endemoniadas, bruxas do rio e pessoas que podiam voar. Ele dizia que as pessoas escravizadas trazidas da África tinham asas, mas os brancos cortaram pra que não pudessem voar de volta pra casa. Quando eu era pequena, ele dizia que minha mãe voou uma vez desse jeito. Levei um tempo pra perceber que ele quis dizer que ela fugiu."

A mãe de Sadie costumava limpar a casa de um homem branco e importante no Alabama. Um dia, ele ficou olhando pra ela e ele... bem, ele fez uma coisa muito ruim. Depois que a mãe foi embora, o avô a criou.

Ele nunca disse quem era o pai dela por conta da habilidade de Sadie com o rifle, e por Sadie ser... bem, Sadie. Ela percebeu o meu olhar e deu de ombros no enorme macacão.

"Talvez minha mãe abriu as suas asas e voou como um pássaro. Foi pra onde ela não pudesse mais ser machucada. Eu não fiquei brava com ela por isso."

Ela diz isso casualmente, como se estivesse falando do tempo. Mas há uma falha em sua voz e isso me diz que ela carrega essa dor profundamente, como todas nós fazemos. Na minha cabeça, lembro da minha própria mãe me embrulhando para dormir e preenchendo as manhãs com o seu canto. Eu e meu irmão ficávamos escutando, apenas deitados, bebendo a voz dela.

"O que cê vai fazer à noite?", Sadie pergunta, mudando de assunto.

"Nana talvez tenha algo pra gente."

"Pff! No Quatro de Julho? Aposto que o pau do seu homem vai cantar."

"Ah", eu volto ao meu livro.

"Ah? Só isso? Estamos rodando por aí com a Água da Mamãe por duas semanas. Voltamos só pra caçar Klus. E aí, você não tá pensando nele?"

"Talvez sim, talvez não."

Sadie solta uma longa risada maliciosa. "Se eu tivesse um homem bom assim, nem pensaria em andar por aí correndo de um lado pro outro com a Água da Mamãe. Eu só pensaria era em cavalgar em cima do seu..."

"Sadie Watkins!", eu exclamo, olhando para cima, exasperada.

"Não seja puritana. O que você acha que Nana Jean e o tio Will vão fazer nesta noite..."

"Sadie! Estou pedindo pra você parar. Por favor!"

Ela está sorrindo como um gato malicioso, quando vejo os olhos dela se moverem para além de mim. Eu me viro para encontrar a própria Nana Jean vindo em nossa direção junto de uma das aprendizes de Molly Hogan ao lado. Nós nos levantamos e elas se aproximam. Até a Chef interrompe o debate.

"Molly quer vê a gente", diz a mulher gullah.

• • •

"Vocês podem ver que a epiderme desenvolveu um segundo revestimento."

A gente tá em um dos celeiros que servem de laboratório da Molly, assistindo enquanto ela corta o braço de um Klu. Os dedos enluvados dela descascam a pele pálida, expondo os músculos que ficam acinzentados assim que uma das aprendizes os molha com um fluido de preservação, que escorre pela mesa de madeira.

"Observem também a mão. As garras se tornaram mais curvadas, quase felinas."

Ela enxuga o rosto, esquecendo que está sob um capacete de metal. Apenas seus olhos espreitam por trás do vidro esfumaçado. Molly não tem visão deles. Poucos tem. Por isso, ela construiu essa engenhoca, que suas aprendizes botam para funcionar ao girarem uma roda de metal. Esse negócio permite que ela veja como nós ou algo próximo disso.

"Você está dizendo que este Klu se transformou em um gato?", a Chef pergunta.

"Estou dizendo que o organismo... o Klu está evoluindo."

"Evoluindo?", Sadie ergue os olhos e fica cutucando os botões de um microscópio. "Como o livro daquele homem macaco?"

"Darwin", Molly responde, afastando o microscópio dela.

"Esse aí. Mas você disse que isso levaria muito tempo pra acontecer."

Molly parece impressionada que Sadie se lembra. "Era pra demorar, mas eu registrei essas mudanças ao longo dos meses. E elas estão acontecendo bem rápido."

Molly está fazendo um estudo sobre os Klus. Ela é quem pede para trazermos amostras deles. Digamos que ela sempre teve a cabecinha cheia de sabedoria. Só que não havia escola para negros libertos na terra dos Choctaw em Oklahoma, então ela aprendeu sozinha. Veio para Macon a pedido de Nana Jean e trouxe as aprendizes consigo. Elas ajudam a preparar a Água da Mamãe no outro celeiro e usam este para fazer as experiências.

"Mas o que isso significa?", Emma pergunta, olhando para o braço do Klu como se ele fosse morder.

Molly levanta o capacete, enxugando a testa.

"O Choctaw, senhor dos meus pais, era batista, mas minha mãe aprendeu a velha religião com aqueles que recusavam essa crença dos missionários. Diziam que meus pais acreditavam em três mundos: onde vivemos, um Mundo Acima e um Mundo Abaixo, cheio de outros seres."

Sadie sorri. "Pensei que você fosse uma ateia sem Deuses."

"Eu sou, mas quem disse que estamos sozinhos neste universo? Talvez haja outros universos também, empilhados ao lado do nosso, como folhas de papel. E esses Klu, pra chegarem até aqui, devem ter vindo de algum lugar."

"Eles foram conjurados", lembra Chef.

"Conjurar é apenas uma maneira de abrir portas. Isso explica as reações extremas deles aos nossos elementos e a anatomia diferenciada."

"E porque eles gostam tanto de beber água", Sadie acrescenta.

Ela está certa nisso. É possível reconhecer um Klu imediatamente pela quantidade de água que eles bebem. Negros que conviveram com as primeiras Klans dizem que eles esvaziavam baldes inteiros, alegando serem os fantasmas dos soldados de Shiloh. *Mais água*, eles exigiam. *Acabei de chegar do Inferno e tô seco.*

"Isso também", diz Molly. "Mas eles tão mudando, até os órgãos estão se adaptando ao nosso mundo."

"Como se eles estivessem planejando ficar", eu termino.

Molly acena com a cabeça e a sala fica em silêncio.

"É isso que o governo quer", Sadie quebra a quietude. "Vocês podem revirar os olhos o quanto quiserem! Mas eu tô dizendo que o governo sabe de tudo isso. Eles andam fazendo experiências com os Klus, assim como a Molly. Não dá pra afirmar se tão trabalhando com eles ou contra, mas eles sabem!"

Sadie colocou na cabeça que o governo de Warren G. Harding sabe tudo sobre os Klus. Ela afirma ter juntado essas peças lendo os tabloides. Que Woodrow Wilson estava nos planos de Griffith, mas que a coisa saiu do controle. E agora existem departamentos secretos surgidos desde a guerra, que andam estudando os Klus. Digamos que essa garota tem um pouquinho de imaginação.

"De onde quer que essas coisas vieram", resmunga a Chef, "elas tão muito ativas ultimamente".

Ela se dirige a um mapa fixado na parede do celeiro. Pontos vermelhos tão espalhados por ele, indicando atividades dos Klus. Dois anos atrás era apenas alguns pontos, a maioria aqui na Geórgia. Agora, há vermelho em todos os lugares, no sul inteiro, engolindo o Meio-Oeste, indo até Oregon.

"As informações da senhora Wells-Barnett dizem que os objetivos da Klan tão se concretizando", observa a Chef.

"E quantos deles são Klus?", Emma pergunta, olhando na direção do mar de pontos vermelhos.

Molly balança a cabeça. "Não conseguimos avaliar isso ainda. Uma vez infectado, a transformação morfológica parece depender do indivíduo."

A boa e velha conversa científica sobre como o pessoal da Klan se transforma em Klus. Molly diz que é como uma infecção ou um parasita que se alimenta de ódio. Ela afirma que a química no corpo infectado se transmuta de acordo com a intensidade desse sentimento. Quando a infecção se choca com o ódio, começa a crescer até se tornar poderosa o bastante para transformar a pessoa em um Klu. É isto: os membros Klans simplesmente deixam esse mal entrar neles e os devorar até ficarem ocos por dentro. Restando apenas os demônios brancos como ossos que não se lembram mais como era a forma humana.

"Sem mencionar", diz Molly, "que eles tão relançando aquele filme."

Todas nós ficamos putas com isso. Sete anos desde o lançamento do *Nascimento de uma Nação*, que serviu para levantar ódio o suficiente para fazer esses Klus surgirem, e agora aquele perverso do D.W. Griffith está se preparando para o relançamento. De repente, me lembro do pôster da obra.

"Eles vão exibir o filme neste domingo, em Stone Mountain."

Todo mundo olha para mim e eu explico.

"Stone Mountain", Emma murmura. "Onde o Simmons fez a invocação."

"Esse filme que vocês chamam de feitiço, eu acredito que funcione como um indutor de ódio em grande escala", diz Molly. "Assim como um linchamento tem o poder de transformar indivíduos em multidões."

Sadie zomba. "Então por que isso só *irrita* os brancos?"

"Seja qual for o caso", continua Molly, "os Klus nascem desse ódio. Se o relançamento do filme de Griffith tiver o mesmo efeito de antes, podemos estar diante de uma epidemia. Possivelmente pior do que a de 1919".

A Chef sussurra um xingamento antes que eu possa soltar o meu; 1919 foi um ano difícil para todos nós.

"Você acha que a KKK se veste para se parecer com os Klus?", Sadie pergunta. Ela está abaixada agora, olhando para a cabeça do Klu enfiada na vasilha de vidro. "É branco e seus capuzes têm uma extremidade pontiaguda, né? Enfim, digo que devemos explodir alguns cinemas onde esse filme tá passando. Como Trotter fez em Boston em 1915."

"O sr. Trotter não explodiu um cinema", Emma corrige. "Só detonou uma bomba de fumaça pra esvaziar o local. O motim começou depois."

"Bem, vamos explodir um de verdade", Sadie insiste. "Pelo bem dos brancos e o nosso, já que eles não conseguem ver o que é óbvio. Todos esses monstros tão diante deles e nenhum branco vê!"

"Eu vejo", Emma educadamente a lembra.

Sadie se levanta, franzindo a testa. "Judeus são brancos?"

Ela se atrapalha na hora de responder, mas Nana Jean interrompe. "Buckrah andar com diabo o bastante pra saber. Não sei como não vê."

Molly limpa a garganta. "O porquê de apenas algumas pessoas conseguirem ver as criaturas é uma questão científica. O mais importante é que devemos considerar a minha outra teoria."

"A sua ideia de que existe uma inteligência guiando esses demônios?", Emma pergunta.

Molly assente. "Os Klus se comportam como formigas operárias construindo uma colônia. Então, quem está mandando neles? Deve haver alguma hierarquia que ainda não entendemos."

"Só de ver os Klus", diz a Chef, "se nota que eles não têm muito bom senso."

"Bom senso o suficiente pra se espalhar por todo canto", Sadie murmura.

Meus olhos estão voltados para o mapa. Não coloco muita atenção nesse papo da Molly de existir um cérebro controlando os Klus, mas todo este vermelho no mapa me lembra um tabuleiro de xadrez, e as peças se aproximam cada vez mais.

"Se realmente acreditamos que East St. Louis, em 1917, foi um prelúdio para 1919", Molly pressiona, "então o que devemos pensar de Tulsa? Ali foi um ataque coordenado e massivo. Nossas defesas foram atropeladas em poucos dias..."

"Nós nos lembramos", a Chef interrompe. O celeiro inteiro fica mais frio com essa menção. Não somos as únicas travando essa guerra. Existem grupos de resistência por toda parte; Eatonsville, Charleston, Houston... Perder Tulsa no ano passado foi um golpe duro. Ainda posso ver os Klus marchando, rasgando pessoas através do fogo e da fumaça.

"O que você quer dizer?", Emma pergunta, com os olhos castanhos cheios de preocupação.

Molly respira fundo. "O crescimento dos grupos da Klan, as adaptações das criaturas, os ataques organizados, o relançamento desse filme. Se há uma inteligência por trás disso, e eu acredito que haja, estamos à beira de algo grande. Precisamos nos preparar."

Eu olho Nana Jean de soslaio, que está parada com os braços cruzados, rosto duro como pedra, olhando o braço do Klu sobre a mesa. Na minha cabeça, parece que posso ouvir o vento quente de julho assobiando entre as garrafas penduradas nas árvores lá fora, cantando suas palavras.

Tempo ruim, tempo ruim, tempo ruim há de vir...

NOTA 32:

Há um cântico que chamamos de Rock Daniel. *Assim, Daniel era um homem escravizado que sempre roubava do armazém do senhor. Os outros escravizados não contavam nada. Eles gostavam de comer daquela carne também. E o fato de Daniel roubar não era um pecado de verdade — não quando a verdadeira sequência de roubos se iniciou com eles nos roubando da África. Uma vez, Daniel pegou a carne assim que o senhor tava voltando pro armazém. Os outros escravizados começaram a cantar bem alto pra avisar a ele! Quando fazemos esse Cântico, nós pedimos para Daniel "agilizar" e "se ligar", e claro, conseguir escapar do chicote do seu senhor também! [risos] Mesmo nos momentos mais difíceis, você precisa encontrar alguma diversão. Ou você não sobreviverá.*

— **Entrevista** com Júpiter "Palito" Woodberry, de 70 anos, transcrito do gullah por EK. —

SONHOS

P. DJÈLÍ CLARK

RING SHOUT

GRITO DE LIBERDADE

3

A música no Francês é tão alta que a sinto dentro de mim. O pianista se levantou da cadeira, balançando uma perna no ar, acima do chão de madeira granulada e batendo nas teclas forte o bastante para quebrar. Ele está suando, então me pergunto como o seu cabelo crespo esticado e brilhoso de gel ainda se mantinha no lugar. Enquanto lamentava sobre uma mulher de ossos largos que deixou em New Orleans, quase saindo do seu terno marrom, ele canta em lamentos: "...E quando ela me pega de jeito!". A multidão ruge, homens comemorando e mulheres abanando as mãos como se quisessem o esfriar.

A estalagem do Francês não é o único lugar para negros em Macon, mas esta noite é o lugar certo para estarmos. Quase todos aqui trabalham nos campos ou em fábricas. As mesas estão lotadas e há pessoas em pé, empoleiradas nas escadas, se encaixando como dá. Quase não há espaço para dançar ou um segundo de silêncio para pensar. O lugar inteiro é uma névoa quente e sufocante de julho no caos da Geórgia. Mas enquanto tiver licor e música, não há problemas.

Sadie nos liberou. Sem contrabando esta noite. Nana Jean nos chamou para sair, mesmo que ela não seja do tipo "bar cheio de algazarra". No entanto, o Francês não é um bar normal — não há buracos abertos no telhado por tiros de espingarda. É um prédio de dois andares e uma pousada para viajantes negros, local bom o suficiente para que as pessoas se vistam com o que têm de melhor — o que não é lá muita coisa para operários e trabalhadores rurais. Mas eu e meu time só saímos com estilo.

Troquei minha calça por um vestido alaranjado, com bordados que brilham sob a luz dos lampiões com querosene. A Chef está vestida com um terno xadrez escuro cor de ferrugem e uma gravata borboleta laranja, parecendo que saiu das ruas do Harlem. Até conseguimos tirar Sadie do seu macacão: ela colocou um vestido de malha vermelha feito de renda. Não ficou nada mal, mesmo que ela estivesse em cima da mesa assobiando para o pianista. Quando ele termina ao som dos aplausos e gritos, Sadie enfim desce e se senta.

"É difícil acreditar que o seu avô era um pregador", diz Chef.

Sadie bufa, jogando a longa trança para trás. "Não é domingo. O vovô, que Deus o tenha, não se importaria." Antes do uísque roubado, ela pega uma garrafa da Água da Mamãe e a despeja pesadamente em nossos copos.

"Oh, isso é o suficiente para mim, srta. Sadie!", um homem atarracado diz. É o Lester, um morador de Macon que sempre acaba nos encontrando, ou melhor, encontrando Sadie. Ela gosta de homens rudes como ele, e os dois se divertiram alguns meses atrás. Mas ela criou essa regra de nunca passar uma noite com o mesmo homem. Se abrir exceções, eles vão se achar. Mas o que quer que ela tenha feito com Lester, deixou o homem louco por ela, e ele está atrás de Sadie desde então. Alguns homens apenas gostam de problemas.

"Lester Henry", ela diz em um tom quente o bastante para fazer qualquer um suar. "É melhor cê tirar essa mão de cima desse copo antes que eu tire pra você. A gente tá num boteco de respeito, aqui não tem essa de *beba com moderação!*"

O sorriso de Lester desaparece, tombando a papada carnuda dele. Mas ele tira a mão do copo.

Chef solta uma risada e coloca um braço em volta de Bessie, outra local que me lembra a mulher de ossos largos da música. As unhas dela, com esmalte vermelho-rubi, traçam linhas preguiçosas através do cabelo curto da Chef. As duas se inclinam uma para outra, como amantes redescobrindo a familiaridade entre si. A visão fez meus próprios olhos vagarem, até que pousassem na coisa mais bonita no bar.

Michael George — quem as pessoas chamam de Francês. Por causa do seu sotaque crioulo.

Ele veio da ilha de Santa Lúcia. Saiu de casa quando tinha 16 anos, procurando trabalho quando Roosevelt ordenou a construção do Canal do Panamá. Só que quando chegou lá, já estava pronto. Então, ele começou a viajar. Já passou pelas Índias Ocidentais, América do Sul e por aí vai. Veio para a Flórida e continuou se mudando, até chegar em Macon e abrir este local. Ele diz que aqui é uma mistura de boteco do Mississippi com lojas de rum em Santa Lúcia e lugares que visitou em Cuba. Ele diz que os pobres também merecem um pouco de fantasia.

Ele está parado perto do balcão, alto e bonito como sempre. Posso ver o traço dos ombros sob a camisa listrada de colarinho alto e o paletó cor de marfim que combina perfeitamente com a pele escura dele. Estou me lembrando de como ele ficava sem isso tudo. Principalmente daquele lugar, onde as pernas dele encontram a cintura, formando entradas perfeitas no abdômen, e eu imagino meus dedos acariciando...

"Maryse, por que você está sorrindo?"

Eu viro para encontrar Sadie me olhando e tomo um gole do uísque. Eu estava sorrindo?

"É melhor cê ir logo atrás daquele homem, antes que uma das meninas dali pegue ele." Ela acena para um grupo de mulheres ao redor dele. "Pelo jeito, elas conhecem bem esse seu homem. Certeza que tão falando mal da gente também."

Talvez sim. O povo de Macon tem ideias peculiares sobre a gente. Nos chamam de bruxas, como sussurram por aí que Nana Jean também é. E olha que eu pensava que moças contrabandistas já era escandaloso o suficiente.

Sadie se inclina pra perto de mim. "Você quer que eu dê um jeito em alguma delas?", as narinas dela dilatam e ela bufa. Ela tá falando sério e não se importa com o lugar lotado de gente. Sadie bota essa espelunca de ponta cabeça se ela perceber que alguém está querendo machucar eu ou a Chef. É fofo, mas de um jeito maluco.

"Sadie Watkins, eu nunca briguei por homem e não vou começar hoje."

"Mulher, não começa a causar", Bessie avisa. "Se não fosse por Maryse, o Francês nem deixaria você voltar aqui, não depois da última vez."

Sadie revira os olhos, mas logo relaxa e eu suspiro tranquila. Chef olha na minha direção, balbuciando, *pare de brincar com dinamite!*

Somos salvas quando Lester puxa o seu assunto favorito: Marcus Garvey. Ele viajou ao norte uma vez e voltou com a cabeça cheia de Garvey. Até vende jornais da UNIA aqui em Macon. Por que ele acha que isso pode impressionar Sadie, eu não tenho ideia.

Volto a procurar Michael George e encontro os olhos dele fixados em mim, por cima das cabeças das mulheres que estão ao redor dele. Ele sorri com simpatia, como se eu fosse a única pessoa aqui além dele, e ele estivesse me revendo pela primeira vez depois de um ano — quando nos conhecemos. É o mesmo sorriso que Michael mostrava quando entramos no bar mais cedo, enquanto me abraçava. A sensação forte dele ainda está na minha cabeça, se embriagando com seu perfume familiar misturado com creme de barbear. Não conversamos muito, apenas algumas promessas futuras antes que ele nos colocasse em uma mesa. O calor do olhar dele faz a minha barriga vibrar, e eu me pergunto de quanto tempo no *futuro* estamos falando? Alguém chama Michael, levando o olhar dele embora. Com um suspiro volto à conversa da mesa.

"...E é por isso que o sr. Garvey diz que o negro tem que voltar pra África. Pra reivindicar o que é nosso." Lester nasceu para falar de política em botecos.

Sadie parece que tá ouvindo apenas metade do papo, mas então declara: "Eu digo que devemos ir pra Europa. Ver como eles estão lidando com o espancamento que levaram durante a guerra".

Lester pisca, mas entende rápido. Ele sabe como a mente da Sadie funciona.

"Bem, srta. Sadie, o sr. Garvey diz que a Europa deve ser dos europeus e a África dos africanos. Desse jeito, a gente tem uma casa pra nós mesmos."

"Eu tenho uma casa bem aqui", diz a Chef, acendendo um Chesterfield. "Lutei até sangrar por isso. Ainda tô lutando. Eu não vou a lugar nenhum."

"Não me oponho a isso", diz Lester. "Mas poderíamos fazer grandes coisas na África. Restaurar a grandeza da negritude, como no passado."

"O que você quer dizer com grandeza no passado?", Sadie pergunta, servindo mais uísque.

"Estou me referindo à época em que negros governavam o mundo."

Sadie aperta os olhos. "Negros governavam o mundo? Quando isso aconteceu?"

"Você não lê isso nos jornais?", Chef sussurra.

"Ah, sim, srta. Sadie! Os antigos impérios negros há séculos atrás. Não tem aquela negra de Oklahoma, Drusilla Houston? Ela tá escrevendo um livro sobre como os etíopes e cuxitas foram as primeiras pessoas na Terra. Ela diz que no começo o mundo inteiro era de negros e..."

"Se o mundo inteiro era de negros", Sadie interpõe, "como surgiram os brancos?"

Lester parece perplexo, mas se recupera rápido. "Bem, alguns dizem que os brancos foram os primeiros albinos. Mas eu acho que não. Eu li aquele livro daquele cara sobre evolução..."

"Darwin!", Sadie exclama. "Esse eu conheço!"

"Sim! Bem, Darwin diz que os animais mudam com o tempo. Então, pensei, por que não as pessoas? Talvez os brancos fossem negros, e eles ficaram mais pálidos como eles ficam quando tão com medo. Ou com frio. Você já viu como um branco fica pálido quando vai pro Norte? Ou eles ficam com medo o tempo todo ou com frio."

Sadie não disse nada por um tempo, só com o copo encostado nos lábios, mas sem beber. Isso significa que ela está revirando algo grande na cabeça. Quando ela fala, é quase um sussurro.

"Cê tá me dizendo que gente branca é preta?"

Isso deixa Lester sem palavras.

Chef balança a cabeça. "Meu Deus, você cutucou o que não devia."

"Bem, srta. Sadie... eu suponho que... não diria desse jeito..."

"O povo branco é preto!", Sadie repete, batendo o copo com força suficiente para fazer Lester dar um pulo. "Esse tempo todo, eles se exibindo e agindo de forma grandiosa e poderosa! Mas são apenas negros que ficaram muito tempo no frio! Aposto que é por isso que eles são tão ruins. Sabia que no fundo eles saíram dessa mesma selva e que o preto que eles inventaram tá bem debaixo da própria pele deles! Ei, não fecha a cara, Maryse, tô usando o *p* minúsculo." Ela enche o copo do Lester e empurra para ele. "Conta mais sobre esses cuxes..."

"Cuxitas", ele corrige.

"Isso, eles. Eu quero saber tudo sobre esse tempo, quando o mundo era negro." Ela bebe o uísque. "Se falar direitinho eu posso quebrar a minha regra."

Lester se senta ereto como se tivesse acabado de ganhar na loteria.

Enquanto me pergunto como vou aturar essa conversa, o som de uma guitarra sobe, perseguida pelo gemido de uma gaita. O pianista volta ao órgão e uma senhora de vestido branco ao lado dele começa a bater palmas e cantar. A voz dela corre pelo ar, forte como uma corrente, fazendo as pessoas saírem do chão. Parece que todo o lugar levanta de uma vez, e forma pares em um espaço aberto para dançar. Antes que eu pudesse piscar, Chef e Bessie já estão lá também. Sadie e Lester vão logo atrás, apesar de Sadie ter voltado para pegar a garrafa de uísque. Fico sozinha na mesa. Bem, não é a melhor opção.

Termino meu uísque e me levanto, manobrando entre os corpos abraçados e os quadris balançando, se livrando das dores, do trabalho e das provações de seus dias. Alguns homens — muito bêbados — tentam me impedir, mas eu escapo com facilidade. Há um único idiota que agarra o meu braço, eu o olho tão ferozmente que ele não sabe se eu sou Deus ou o Diabo, e me solta rápido.

Encontro Michael George ainda perto do bar, com duas mulheres competindo para ver quem consegue arrastar ele até a pista. Quando me vê, ele pede licença e deixa as outras fazendo beicinho.

"Você vai me deixar sentada naquela mesa como uma solteirona?"

Ele sorri. "Você tava com suas amigas. Nem quis incomodar."

"Eu aviso quando você me incomodar", eu respondo, me aproximando. Os braços dele deslizam em volta da minha cintura e, sem mais palavras, a música nos arrebata. Somos levados e nos perdemos nela, como se carregasse consigo um tipo próprio de magia. Por um breve momento, os pensamentos sobre Klus e más premonições desaparecem até que não haja nada, além da música e sua cura batizando a todos nós. É mais do que eu posso suportar.

Então, sussurro: "Você vai precisar pedir para outra pessoa fechar aqui". Ele me encara, antes de sinalizar ao barman. Amo que não preciso falar duas vezes com ele, e já estou o puxando escada acima.

No momento em que chegamos ao quarto dele, paramos para trocar beijos ofegantes meia dúzia de vezes, as mãos deslizando para dentro e para fora das roupas um do outro, desfazendo coisas, apertando peles. O tempo todo ele implorando como um homem faminto.

"Maryse, Maryse. Sinto muito a sua falta. Você não deveria sair de novo. Promete que não vai mais?"

Eu não faço promessas, mas pretendo mostrar o quanto eu senti a falta dele. Ele quase não consegue fechar a porta antes que eu tire o colete e a camisa dele, tentando não quebrar um botão. Não me lembro como vim parar em cima da cômoda de carvalho, pressionada contra o espelho e com o meu vestido alaranjado levantado até a cintura. Ele está desabotoando as calças, quando eu o paro.

"Foram duas semanas longas e um dia infernal. Eu preciso que você faça aquilo."

Ele passa a língua preciosa entre os dentes. "Você nem precisa pedir."

Quando ele começa a se curvar, eu o paro novamente. "E fale com sotaque crioulo."

Esse lindo sorriso de novo. *"Wi. Chansè pou mwen, mwen enmen manjè èpi mwen enmen palè. Kitè mwen di'w on sigwè..."*

Eu não faço ideia do que ele tá falando, mas isso faz meu corpo todo tremer. Quero que minha mente vá devagar, ouvindo a música lá embaixo, sussurrando o nome dele e dizendo o quanto eu preciso disso. Quando os lábios dele começam a falar crioulo entre as minhas coxas, eu arqueio as minhas costas e faço minha própria música.

• • •

Eu sei que é um sonho porque estou usando roupas de luta: camisa, calça, polainas e sapatos Oxford. E parada na minha antiga casa. É sempre noite aqui. Noite para sempre. A casa é uma cabana fora de Memphis. Anos depois da Guerra Civil, os brancos em Memphis enlouqueceram — linchavam qualquer negro vestido de azul como soldados, queimando as nossas casas e escolas. Meu bisavô escapou, deixando o uniforme da União que tinha pra trás. Construiu uma casa bem longe daqui, fugindo daquele terror e da loucura branca.

A casa está exatamente como eu deixei, sete anos atrás: como se um furacão tivesse passado por cima dela. Só tem um cômodo, e eu passo por cima dos móveis e potes quebrados, me ajoelhando para encostar o ouvido no chão. A respiração surge, rápida e profunda. Eu corro os dedos ao longo das tábuas do chão para sentir as ranhuras finas e levanto a escotilha quase invisível.

A garota me encarando atrai meus olhos, embora demore um pouco para que ela seja o único foco da minha visão. Ela treme tanto sob a camisola que posso ouvir os dentes batendo, e o medo que transborda dela fede o suficiente para eu sentir um sabor amargo. Eu recuo, estudando os lábios arredondados dela, as bordas do nariz que se alargam, a gordura ao redor das bochechas e a forma como o cabelo trançado se mistura com a escuridão. É como olhar para um espelho de ontem.

"Não basta você me incomodar quando eu preciso lutar, agora você está nos meus sonhos também?"

Ela apenas choraminga. Eu cerro os dentes, enojada.

"Você não precisa ter medo. Você tem aquela espada."

Os pequenos dedos da menina fazem um nó e se apertam ao redor do cabo de prata ao lado. Mas ela nem mesmo tenta levantar a arma. Isso me deixa ainda mais furiosa.

"Sai daí! Cê já é grande demais para fazer isso!"

Um guincho escapa dos lábios e ela gagueja: "E se eles voltarem?".

"Eles não vão voltar!". Eu estou gritando agora. "Você só fica sentada aí! Se sujando! Cê podia ter feito algo com aquela espada! Poderia ter enfrentado eles! Maldita, por que você não sai daí! Por que cê não me deixa em paz!"

Algo muda no rosto dela, afugentando o medo, e a voz fica suave como água.

"Pela mesma razão que você não vai até o celeiro dos fundos. A gente sabe o que nos dá medo. Não é, Maryse?"

Eu puxo a respiração e um pouco do medo dela desliza pela minha garganta.

Ela se examina. "Por que você sempre me imagina como uma menininha? A gente não era assim. Você acha que isso nos afastou?"

"O que você quer?", eu imploro.

"Quero te dizer que eles tão vigiando. Eles gostam dos lugares que nos machucam. Eles usam isso contra a gente."

Eles?

"De quem você tá falando?"

O medo reaparece como uma máscara e a voz dela despenca até um sussurro.

"Eles tão vindo!"

Em um piscar de olhos, o mundo é engolido pela escuridão. Eu entro em pânico, pensando que voltei ao esconderijo sob o chão, e o medo puro ameaça tomar conta de mim. Mas não. Não é minha casa. Eu giro em um círculo, procurando aquela escuridão impenetrável, quando algo captura o meu ouvido. Isso é um canto?

Uma luz fraca aparece à frente e sei que não estava ali antes. Mas é de onde vem o barulho. Eu ando na direção dela e, conforme caminho, a luz assume a forma de algo. Ou alguém. Um homem. Vejo ele de costas: largo e grande como um caminhão a motor, com uma cabeça de cabelos ruivos brilhantes que mais se parece um melão. Ele usa uma calça preta, presa por suspensórios e uma camisa branca, com algo amarrado nela que me parece ser um avental. Não consigo ver o que ele faz, mas ele está curvado, balançando um braço de cima para baixo e, toda vez que desce, faz um estrondo de batida em algo úmido, seguido por um pequeno guincho agudo. É ele quem canta. Ou tenta: é um ruído horroroso, desafinado e fora de ritmo. Demoro um pouco para entender as palavras dele.

"...E quando ela me pega de jeito!"

Ele ri. Então, estrondo e guincho.

"Nós gostamos dessa", diz ele com um sotaque forte da Geórgia. "Mas não entendo". Estrondo e guincho. "Como pegar de jeito? Que jeito?" Estrondo e guincho. "Aqui, conhecemos outra."

Ele limpa a garganta e começa a berrar:

Ah, o grande e velho duque de York,
Ele tinha dez mil homens pra reger!
Ele fez todos marcharem até o topo da colina,
E depois mandou descer.
E quando eles tão lá em cima, tão lá em cima,
E quando eles tão lá embaixo, tão lá embaixo.
E quando eles tão na metade do caminho,
Eles não tão nem pra cima nem pra baixo!

Ele ri de novo e eu sinto o cheiro de algo rançoso.

"Essa a gente entende. Em cima, embaixo. Em cima, embaixo. Mas de jeito?"

Batida, batida, guincho, guincho.

Não sei dizer o motivo, mas quero ver o que ele está fazendo. Eu vou de lado, tentando não chegar muito perto, e pego um vislumbre das mãos dele. Coisas grandes e corpulentas. Os dedos grossos dele envolvem o cabo de madeira de um cutelo de prata e ele corta carne em uma mesa manchada de sangue. Só que toda vez que ele corta um pedaço, a centímetros do corte, um pequeno orifício se abre na carne e eu percebo que é uma boca. E essa boca guincha.

Estrondo quando o cutelo desce.

Guincho quando a carne é cortada.

Eu me afasto com nojo e ele se vira para me encarar.

Ele é tão grande na frente quanto nas costas, um homem forte e corpulento.

Ele engancha o cutelo em um laço na cintura, consigo ver também um cutelo similar do outro lado. A boca no rosto barbeado dele se abre em um sorriso excessivamente largo. Antes de estender a mão, ele limpa as manchas de sangue no avental branco.

Ao perceber que não vou pegar naquela coisa, ele abaixa a mão.

"Bem, finalmente conhecemos você, Maryse."

Eu faço uma careta ao ouvir o meu nome. "Cê me conhece?"

O sorriso dele se enlarguece ainda mais. "Ah, a gente tá te observando há muito tempo, Maryse. Muito tempo."

"Quem é você, então? Algum demônio perverso bagunçando os meus sonhos?"

Ele pisca e os olhos brilham. "Somos a tempestade no horizonte. Mas você pode nos chamar de Clyde. O Açougueiro Clyde. A gente achou que deveria se apresentar direito, já que você saiu e deixou este pequeno espaço aberto pra gente entrar."

Tempestade. As palavras de Nana Jean se reproduzem na minha cabeça. *Tempo ruim há de vir.*

"Bem, vocês podem voltar de onde saíram", eu respondo na lata.

Ele dá uma gargalhada profunda. E eu juro que o estômago dele se move sob o avental.

"A gente vai ter que dançar com você, Maryse. Traga a sua espada da próxima vez, ouviu? Não se preocupe, nós trazemos a música." Ele estende os braços e começa a cantar de novo. *"Ah, o grande e velho duque de York, ele tinha dez mil homens pra reger...!"*

Ao fazer isso, pequenos buracos surgem na pele dele. Nas partes expostas dos braços peludos, no pescoço, ao longo do rosto redondo. São bocas, eu percebo com um tremor: pequenas bocas com minúsculos dentes irregulares e encaixados em gengivas vermelhas. Todas juntas, em uníssono, começam a cantar também, se juntando a ele no pior refrão da história. Sem harmonia ou ritmo: apenas cem vozes se chocando.

> *E quando eles tão lá em cima, tão lá em cima,*
> *E quando eles tão lá embaixo, tão lá embaixo.*
> *E quando eles tão na metade do caminho,*
> *Eles não tão nem pra cima nem pra baixo!*

Eu cubro os meus ouvidos. Porque isso — seja lá o que for, menos música — *dói*! Em desespero, tento invocar a espada, mas nem consigo pensar direito. É como se tudo estivesse desligado, o mundo inteiro girando, e eu cambaleando enquanto tento recuperar o equilíbrio.

Ele apenas fica parado, rindo e cantando. Todas aquelas bocas riem e cantam também. Ele agarra e rasga o avental, abre a camisa. A pele da barriga pálida dele ondula e descasca, revelando um buraco de vazio infinito. Não, não é o vazio. Outra boca, grande o suficiente para me devorar inteira! Com dentes afiados do tamanho de dedos e uma língua vermelha serpenteando!

"Ainda queremos a nossa dança, Maryse!", a boca enorme rosna.

Ele pula em mim, eu respondo com um soco no peito dele, mas meu braço inteiro é engolido. O corpo inteiro dele fica escuro como breu e derrama um líquido viscoso. As bocas ainda estão lá, abrindo e fechando com chiados úmidos de sucção.

Eu o chuto e a minha perna entra na criatura, me puxando rapidamente para dentro.

É como quando o Tar Baby pegou o Coelho Bruh!, ouço o meu irmão lamentar.

O Açougueiro Clyde ri e a língua dele vem como uma fita, envolvendo minha cintura. Eu tento arrancar essa coisa carnuda e nojenta, mas ela é forte e me puxa, rumo àquela boca horrível, bem aberta. Me esperando.

• • •

Eu acordo em um sobressalto, respirando pesado e, não me importo em dizer, assustada pra caralho! Mas não tem nenhuma língua enrolada em mim. Nenhum Tar Baby com uma boca na barriga. Mas o eco daquele canto terrível ainda soa em meus ouvidos. Eu deixo isso desaparecer da mente e me concentro apenas no meu entorno.

Eu ouço Sadie berrando em um quarto próximo com Lester, e eu não sei quem dos dois faz mais barulho. Ela é quem tá xingando sem parar, mas tenho certeza que os gemidos todos vem dele.

Consigo ouvir Chef também, choramingando em algum lugar enquanto Bessie chia para tentar fazer com que ela pare. Ela fica assim às vezes. Começa a se desculpar com os mortos, depois acorda chorando. É como se um pedaço da guerra tivesse voltado para casa com ela. Às vezes me pergunto o que teria acontecido se o meu irmão tivesse ido para guerra, e o que ele traria de volta.

Além deles, ouço apenas o som dos grilos da Geórgia no meio da noite dizendo que o boteco fechou, exceto para quem quer um quarto e algum tempo pra si. Eu me viro e olho para Michael George ao meu lado, nu como no dia em que nasceu, uma beleza tão rara quanto cabelo de sapo. Eu me aproximo para acariciar o pescoço dele, sentindo o cheiro da fumaça do charuto, um hábito que ele adquiriu em Havana. Nós dois gostamos de ficar sentados depois do sexo, dividindo um charuto e conversando. Bem, ele fala mais. Não que ele não seja curioso — parece até que tem centenas de perguntas sobre mim. Mas nenhuma que eu me sinta pronta para responder. Além do contrabando, não há muito o que contar. Ele não consegue ver. E a caça a monstros é difícil de explicar. Ele sabe, pelo meu jeito caladona, que não é para perguntar nada sobre meu passado ou minha família. Algumas coisas não foram feitas para contar.

Além disso, prefiro as histórias dele sobre lugares distantes, com praias de areia branca e mares de águas translúcidas. Ele me falou de um lugar chamado Tulum. Que lá, de noite, no oceano, as estrelas são tão abundantes que parecem cair no mar. Que queria me levar lá. Que a gente poderia pegar um barco e simplesmente navegar o mundo inteiro. Às vezes, me permito imaginar como seria. Chega de Klus ou batalhas, só eu e ele e toda aquela água. Penso que seria como a liberdade.

Meus olhos se estreitam diante de um clarão repentino, me arrancando dos meus pensamentos. Eu me levanto para ver minha espada encostada em um canto, brilhando com intensidade. Não foi por invocação — ela estar aqui significa que alguém está atrás de mim. Nem sonhar com liberdade consigo mais. Eu me desvencilho do Michael George, que muda de lado, mas não acorda. Pego e visto a camisa dele, pulo para fora da cama, caminho até a espada e seguro o cabo... então, tropeço enquanto o quarto desmorona. Tremendo, sinto uma crise de tontura e olho ao redor. Estou em um campo verde sob um céu azul brilhante, mas sem sol.

No entanto, isso não é um sonho. E eu não tô sozinha.

São três mulheres. Duas já são idosas, sentadas em cadeiras elegantes de encosto alto, diante de uma mesa branca embaixo do maior carvalho vermelho do Sul que você já deve ter visto. As duas têm aparência de tias, que é como chamo elas. A terceira está em um balanço pendurado por uma corda na árvore, planando para frente e para trás. O rosto dela é jovem o suficiente para que pudesse ser minha irmã, mas ela também é uma tia, sem dúvida. As três usam vestidos amarelo-canário com rendas e bordados, realçados por chapéus coloridos de abas largas. Uma delas está mexendo em uma jarra de vidro e olha na minha direção.

"Maryse!". As bochechas rechonchudas e amarronzadas dela se erguem em um sorriso, como se eu fosse a sobrinha favorita, e ela se levanta para me puxar em um abraço, esfregando minhas costas. "Vejam só, se não é um colírio pros meus olhos. Vem, senta aqui!"

"Olá, tia Ondine". Eu me viro até a outra sentada à mesa, inclinando minha cabeça respeitosamente. "Tia Margaret."

Ela tá costurando, mas me espreita com uma carranca enrugada no rosto estreito, mergulhado no chapéu rosa brilhante. "Demorou pra chegar aqui." Ela me olha de cima a baixo. "Você engordou?"

Eu cerrei meus dentes por trás do sorriso. Tia Margaret é *esse* tipo de tia.

"Ah, Maryse tem o peso que precisa ter", tia Ondine insiste, alisando as penas douradas que coroam o chapéu roxo. "Não se preocupa com a tia Margaret, ela está um pouco mal-humorada hoje. Aqui, tome um pouco de chá doce."

Ela sempre fica um pouco mal-humorada, eu penso, aceitando o chá. Eu mexo o gelo antes de tomar um gole com a rodela de limão fazendo cócegas no meu nariz. O melhor chá doce que já provei. Como se alguém misturasse açúcar, luz do sol e bondade. Essa coisa não é real. Nada disso é. Nem a grama sob meus pés, este grande carvalho sombreado, até mesmo o céu azul acima de nós. Aquilo que Molly estava dizendo sobre outros mundos? Este é um lugar assim, talvez. Tia Ondine disse que ficou assim por minha causa, para me dar algo familiar.

Essas três pessoas também não são reais. Não importa se elas parecem tias em uma igreja no domingo. Elas não têm sombras. Ao olhar de canto do olho, dá para ver que aqueles corpos começam a brilhar e borrar. Quando olhei assim por tempo suficiente, as três mudaram.

Elas ainda pareciam mulheres, mas eram esguias, feias, altas, com longos vestidos vermelho-sangue. Os rostos delas eram máscaras costuradas com o que parecia ser uma pele marrom *verdadeira*. E o que estava por baixo das máscaras... bem... me lembrava raposas. Com pele cor de ferrugem, orelhas pontudas e olhos laranja-fogo. Eu sei que parece Raposa Bruh e tal. Mas eu vi o que vi!

Eu tomo um gole do chá doce (que não é realmente um chá doce) e me viro na direção da mulher no balanço. "Olá, tia Jadine". Ela não responde. Apenas continua balançando com um olhar distante.

"Ah, ela tá fazendo... as coisas dela", se desculpou tia Ondine.

Tia Jadine é a mais estranha das três, e isso explica muita coisa. O tempo é diferente para ela. Tia Jadine vive no agora, no ontem e no amanhã, tudo de uma vez. Quando fica desse jeito, significa que ela está em algum lugar — em algum momento — diferente.

Nana Jean sempre me avisa pra ficar atenta com essas três. Ela diz que lidar com demônios é complicado. Mas elas me lembram minha mãe de certa forma. Como se tivessem arrancado memórias da minha cabeça para formar essas três pessoas. Talvez seja por isso que gosto delas; me lembram do que perdi. Além disso, foram elas que me deram a espada.

A lâmina em formato de folha, larga e preta, está sobre a mesa, fazendo um zumbido constante e atraindo espíritos que cantam sussurros em meus ouvidos.

Tia Ondine me contou como a arma surgiu. Na África, aquele que criou a espada era um figurão que vendia escravizados, até que foi enganado e vendido também. Fizeram dele um ferreiro, porque ele levava jeito com isso. Ele fez a espada parecida com aquela que usavam para marcar escravizados. Só que maior, afinal, essa não seria usada apenas para cerimônias. Ele jogou magia na arma, invocando os mortos que foram vendidos. Ele ordenou que cantassem suas músicas e buscassem os espíritos daqueles que enviaram eles através do oceano. Depois, pediu pra aprisionar esses senhores de engenho e reis, incluindo ele mesmo, naquele ferro — fazer com que eles servissem àqueles que prejudicaram.

Quando invoco a espada, tenho visões dessas pessoas escravizadas, furiosas, e suas canções incessantes recitadas aos homens poderosos presos à lâmina, que agora rogam desesperados por alguma resposta dos deuses adormecidos. Esse é o poder da espada: algo nascido da vingança e do arrependimento. Não sei como ela acabou na mão dessas três, mas elas dizem que a lâmina precisava de um campeão. Quando aconteceu pela primeira vez, eu não era nenhuma campeã. Apenas uma garota assustada, escondida sob as tábuas de um assoalho. Mas aprendi a ouvir desde então, e aprendi como me adaptar ao ritmo dela.

"Pedimos desculpas por te chamar a esta hora", diz tia Ondine. "Tentamos esperar até que você completasse as intimidades físicas com o seu namorado."

Tia Margaret resmunga. "Se me perguntarem, achei muita conversa e grunhidos."

Meu rosto fica quente. Sei que elas não são pessoas, mas às vezes essas três dizem coisas que não deveriam. Como sobre as minhas "intimidades físicas". Ou insinuar que elas estavam me *observando*! Alguém ri. Me viro para encontrar tia Jadine me olhando fixamente sob seu largo chapéu azul-claro, aquele olhar distante foi substituído por um diabólico.

"Quando o meu homem enfiou em mim, ele fez as minhas pernas tremerem!", ela explode.

Quase cuspi meu chá doce.

Eu mencionei que a tia Jadine só fala citando músicas? Não sei de onde — ou de *quando* — é esse trecho. Mas o significado é claro o suficiente. Se eu não tivesse essa maravilhosa pele beijada pelo sol, eu estaria com o rosto vermelho-tomate.

Tia Jadine sorri e vejo um pouco dos dentes de raposa dela. "Ele mandou bem, bem, bem", ela canta. "Muito bem, bem, bem!" Ela pula do balanço e se aproxima, com o vestido amarelo esvoaçando sobre os longos braços e pernas negros, enquanto os pés descalços pisam na grama. Os três pés. É difícil de imaginar tia Jadine de sapatos. Ela dá um beijo suave na minha testa antes de se sentar em uma cadeira e pegar um pouco de chá.

"Em todo caso", continua tia Ondine. "Precisávamos conversar. Notícias ruins estão surgindo."

"O inimigo está se reunindo", acrescenta tia Margaret bruscamente.

O inimigo é como elas chamam os Klus. A razão pela qual elas me deram a espada foi para lutar contra eles. A campeã delas contra aquele mal. De repente, me lembro do sonho.

"...E ele diz que é a tempestade, o tal do Açougueiro Clyde", eu termino.

As três ficaram quietas enquanto eu falo. Agora elas que me olham fixamente.

"O Açougueiro Clyde machucou você de alguma forma?", pergunta tia Ondine, "Deu algo pra você comer? Responde!"

A intensidade dela me surpreende. "Não. Nada. Espera, isso realmente não foi só um sonho?"

"Não, nenhum sonho!", tia Margaret rebate, espetando uma agulha de costura em mim. "Você deixou o inimigo entrar, menina!"

"O quê? Eu não deixei ninguém..."

Tia Ondine coloca sua mão reconfortante sobre a minha, e a voz afetuosa retorna. "Você provavelmente não teve a intenção, querida. Eles encontram maneiras de entrar, através de algum trauma que você pode ter mantido em suas profundezas. É como deixar uma porta aberta. Você faz ideia do que pode ter sido?"

Então me lembro do outro sonho. Na minha antiga casa. A garota e o aviso dela.

Eles gostam dos lugares que nos machucam.

"Não", eu respondo, olhando nos olhos da tia Ondine. Única maneira de mentir direito.

"Eu conheço essa moça que carrega seus problemas", tia Jadine canta com uma voz de blues. "Carrega seus problemas, todos nas costas. Ela vai deixar que os problemas a esmaguem, se ela continuar carregando assim..."

Eu estreito os meus olhos para ela, que está ocupada demais mexendo o chá doce com um dedo.

"Bem, só precisamos ter cuidado no futuro", sorri tia Ondine.

"O que tá acontecendo? Nana Jean também sentiu algo estranho."

Tia Ondine balança a cabeça. "Não podemos ver. Há um... véu e está crescendo." Ela aponta para uma mancha escura no céu azul que eu não tinha notado antes. "Agora esse Açougueiro Clyde aparece. Uma coincidência improvável."

"Nada disso é bom", tia Margaret lamuria.

"Você acha que o Açougueiro Clyde é um Klu?", eu pergunto.

O rosto de tia Ondine fica azedo. "O inimigo tem mais lacaios do que sabemos."

Lembro da conversa com Molly. "Você quer dizer aqueles que são mais inteligentes do que os Klus?"

"Mais inteligentes e mais perigosos. Você deve ter cuidado."

As palavras dela engolem todos os bons sentimentos que eu tive nesta noite.

"Quem são eles? Esses Klus e os que mandam neles? O que eles são?"

Parece que tia Ondine tá medindo o que falar ou não para mim. E é sempre assim. Começo a pressionar de novo, mas é a tia Margaret quem fala.

"Havia dois irmãos, Verdade e Mentira. Um dia, eles começam a brincar, jogando cutelos pro alto. Mas os cutelos descem muito rápido e fazem um corte no rosto de cada um! Verdade se abaixou, procurando o rosto dele. Mas sem olhos, não consegue ver nada. Mentira é sorrateiro. Ele agarra o rosto da Verdade e sai correndo! Agora, Mentira sai por aí com a cara da Verdade, enganando todo mundo que encontra no caminho." Ela para de costurar para fixar os olhos severos em mim. "O inimigo, eles são a Mentira. Claro e simples. São a Mentira correndo por aí fingindo ser a Verdade."

Eu ouço, me perguntando o que há de claro e simples nisso?

"Não deixe que o sorriso deles te engane", canta tia Jadine, "ou te atraia."

"Devíamos levar você de volta", diz tia Ondine, "já tá aqui tempo demais."

Elas são rígidas quanto ao tempo que passo aqui, embora nenhum tempo tenha realmente passado. Pego a minha espada, recebendo um abraço da tia Ondine.

"Esteja atenta ao que dissemos agora. Fique longe desse Açougueiro Clyde."

"Vou ficar", respondo, me certificando de olhar nos olhos dela.

Enquanto me afasto, posso ouvir tia Jadine nas minhas costas.

"Quando o diabo vier à cidade, é melhor você se ligar na vida... Atenção, atenção, atenção, cuidado com o diabo!"

VERDADE

P. DJÈLÍ CLARK

RING SHOUT

GRITO DE LIBERDADE

4

Estou perto de Cherry e Third, no centro de Macon. As pessoas que passam, me espreitam. Talvez porque estou com calças curtas bufantes — azuis e com riscas douradas, enfiadas em polainas e sapatos de couro. Ou, ainda, porque eu estou assobiando uma música chamada *La Madelon* que a Chef aprendeu na França. Ou, o mais provável, por causa da espada pendurada às minhas costas, encarando todos por cima da minha camisa amarela-creme. Não se vê isso com muita frequência em uma manhã de quinta-feira.

Não foi difícil encontrar o Açougueiro Clyde. O nome dele tá em tinta vermelha fresca em um fundo amarelo, sobre o comércio do outro lado da rua: Churrascaria de Cortes Selecionados do Açougueiro Clyde. O panfleto em minha mão anuncia a inauguração do restaurante com promessas de carnes gratuitas aos clientes. Bem, clientes brancos. Porque o panfleto deixa claro que aqui é um estabelecimento da Klan. Ainda há um desenho do Tio Sam abraçando um homem que lembrava o Açougueiro Clyde, ambos segurando linguiças e está escrito: *Comida Saudável para Famílias Brancas de Bem.*

Para confirmar, há quatro membros da Klan com mantos brancos do restaurante dele, organizando a fila constante de clientes do lado de fora. Dois deles são Klus, vejo pelos rostos se transfigurando quando um passa um cantil ao outro.

Contei a Nana Jean sobre o sonho com o Açougueiro Clyde e do meu encontro com as tias. Depois de resmungar sobre os demônios, ela admite que ele pode ser o "diabo ruivo e humano" das premonições dela. Parece que ele chegou à cidade há uma semana, abrindo esse restaurante ao lado do prédio do American National Bank. Ela disse pra mantermos distância, mas um dia já passou e tô perdendo a paciência. Esse Açougueiro Clyde entrou na minha cabeça e me ameaçou abertamente. Só que eu não sou mais aquela garota assustada. Eu caço monstros, eles não me caçam. Então, vou fazer algo realmente corajoso ou estúpido.

Espero um bonde passar, depois atravesso a Cherry Street, caminhando diretamente até o restaurante do Açougueiro Clyde. Os brancos na fila fecham a cara quando passo por eles. Talvez estejam pensando que perdi a cabeça ao andar tão perto dos Klans. Um deles, um pedaço de homem, parece que perdeu a capacidade de falar quando me vê. Espero ele se recuperar.

"Tá perdida, garota?"

"Não", eu respondo. "Vim aqui pra ver o Açougueiro Clyde. Ele me conhece."

Os brancos não sabem o que fazer se você agir de uma forma que eles não esperam — pelo menos até se lembrarem de que precisam te colocar no seu lugar. Eu jogo minha outra carta na manga, olhando para um Klu.

"Eu posso ver você", eu cubro um olho com a mão. "Feio como o pecado debaixo dessa pele."

Os olhos verdes do homem que o Klu veste não piscam. Ele para de beber do cantil, deixando a água escorrer pelo queixo, e se vira para o outro Klu, como se eles conversassem em silêncio. Minha aposta vale a pena.

"Deixa ela passar", diz o Klu.

Os dois KKK humanos começam a protestar, mas assim que alguém sai do local, eu me esgueiro pela porta.

Coelho Bruh entrando nas mandíbulas abertas do Croco Bruh, sussurra a voz do meu irmão.

Aqui dentro é como um açougue. Cheira como um também: sangue fresco e carne crua. Mas também há o cheiro de carne grelhada vindo de uma cozinha. E nas mesas, as pessoas estão sentadas, comendo. Pôsteres da Klu Klan decoram o lugar; um deles anuncia *O Nascimento de uma Nação* no domingo, em Stone Mountain. Homens no balcão, todos Klus, distribuem pacotes marrons aos clientes. E atrás deles, está ninguém menos que o Açougueiro Clyde.

Ele parece o mesmo homem do sonho: corpulento. Como na outra noite, ele está de costas para mim, cantando uma melodia horrível e balançando o cutelo. Eu começo a assobiar, o mais alto que posso. Ele para o que está fazendo e se vira devagar. Há uma ligeira surpresa quando nossos olhos se encontram, mas não fico alimentando o silêncio. Caminho até uma mesa perto da janela e me sento como se nada estivesse acontecendo. Uma senhora branca e o filho, sentados perto de mim, me olham boquiabertos. Eu fico olhando para trás até que ela se vire. Há um zumbido furioso atrás de mim, mas o Açougueiro Clyde corta o papo.

"Irmãos e irmãs, não deixem que isso atrapalhe a nossa festa. A mais inferior criatura de Deus às vezes precisa ser devidamente guiada pra lembrar o seu lugar. Fiquem tranquilos, vou garantir que essa aqui se lembre. Podem se servir, comam! Encham suas barrigas com o sustento do Senhor. Torne o Império Invisível forte!"

Não faço questão de olhar para ele enquanto faz esse discurso. Só me viro quando o ouço se sentar diante de mim. Dessa vez, ele está usando óculos de proteção. Há manchas de suor por todo corpo, encharcando as axilas e escorrendo pelo seu queixo raspado.

"Parece que você tá com calor. Deve ser frio, lá de onde você saiu."

Ele apenas sorri e fala devagar: "Imaginei que veríamos você logo, Maryse".

"Prefiro que você mantenha o meu nome fora da sua boca, Clyde."

"Menina corajosa. Vir aqui sozinha. Você sabe que somos a única coisa que te mantém viva aqui?" Ele se inclina para frente, a voz abaixa. "Uma palavra e essas pessoas de bem iriam te rasgar membro por membro e te pendurar num poste de luz."

Eu sorrio e me inclino, ficando mais próxima dele. "O que te faz pensar que eu vim sozinha, Clyde?"

Eu me pergunto se ele consegue sentir Sadie em um telhado próximo com a Winnie engatilhada e na espera. Ou a Chef no velho Packard, pronta para lançar bombas caseiras pela janela dele. Talvez ele sinta, porque solta uma risada vagarosa.

"Ousada". Os olhos dele vagam por cima do meu ombro. "E armada."

"Quer ver de perto?" Eu puxo a espada das minhas costas, batendo a lâmina na mesa. A mulher sentada perto de nós solta um gritinho, salta da cadeira e puxa o filho para longe.

O açougueiro Clyde não hesita. Apenas examina a espada e os padrões triangulares, cravados no metal preto, antes dela retornar para mim. "Pode cortar o teatro, Maryse. Eu sei que você não veio aqui só pra fazer ameaças. Você veio porque tem perguntas. Questionamentos que aquelas três intrusas, suas... tias, nunca responderão. Não é mesmo?" A resposta em meu rosto faz com que ele mostre todos os dentes em um sorriso largo. "Bem, vá em frente então, pergunta o que você quer saber. Vamos te dizer a verdade."

Tia Margaret cantarola em meus ouvidos. *Eles são a Mentira.* Mas meus lábios são imparáveis.

"Você é um Klu?"

Ele ri. "Nós? Um deles? É como comparar você a um cachorro, o prato favorito deles. Não se preocupe, não servimos isso aqui."

"Um cachorro. Então você é o mestre deles?"

"Mestre pode ser um pouco demais. Pense em nós mais como...", ele torce os dedos grossos, como se tentasse agarrar a palavra que precisa, "gestores."

"Por que vocês vieram pra cá?"

"Por quê? Pra cumprir o grande plano, é claro."

"Qual é?"

"Trazer a glória da nossa espécie ao seu mundo, colocando um fim aos seus dilemas e aflições. Livrando vocês da abominação de suas existências sem sentido. Nos esforçamos pra dar a vocês um propósito. Você vai entender assim que se unir ao nosso elo harmonioso."

"Elo harmonioso?". Eu indico os pôsteres da Klan e o resto da decoração. "É isso que cê chama de ode à grande raça branca?"

"Não se preocupe com isso. Precisamos que você nos deixe entrar pra te fundir ao nosso grande coletivo." O olhar dele vagueia sobre os clientes da loja. "Eles eram só os mais disponíveis. Tão fácil de devorar por dentro, o corpo e a alma. Sempre foram."

Um pico de raiva me atinge. "É por isso que cê faz eles saírem por aí nos matando?"

"Ah, nós só apontamos a direção que precisamos, mas o ódio que eles sentem é deles mesmos. Veja, Maryse, não nos importamos com sua pele ou religião. Pra nós, vocês são apenas carne."

Ele revira o pescoço e vejo feridas surgirem na pele dele, pelo rosto, antebraços e dedos. Elas se abrem e formam pequenas bocas, como no sonho. Até mesmo os olhos rolam para trás dos óculos de proteção e dão lugar a gengivas vermelho-sangue com dentes afiados. Cada uma das línguas sacode no ar como se estivessem famintas e, então, eu vejo. *Eu vejo.* Agora entendo por que ele continua dizendo "nós" e "a gente". Isso não é uma coisa, são dezenas! Consigo ver os pontos onde eles se unem, costurados neste traje humano. Eles se movem sob a pele como vermes em um cadáver. Um arrepio me sacode e eu agarro a espada e me imagino cortando aquele pescoço grosso fora dos ombros e vendo, em seguida, centenas de coisas rastejantes vazando pela ferida.

Quando ele fala de novo, todas as bocas falam também — dezenas de vozes desafinadas e misturadas que só eu posso ouvir. "Você não nos fez a principal pergunta. Pergunte! Pergunte!"

Eu cerro os dentes ao ouvir o coral estridente, mas pergunto: "O que está vindo?".

Essas bocas horríveis se transformam em sorrisos perversos.

"A Grande Ciclope está chegando", eles sussurram. "Quando ela chegar, o seu mundo acabará."

Eu olho para ele, sem entender.

"Não temos que continuar lutando, Maryse. A gente disse que estava te observando. Há um lugar especial pra você em nosso grande plano."

"Foda-se o seu grande plano", eu cuspo.

Ele ri e algo profundo na barriga dele rosna.

"Olha a língua! O que sua mãe, seu pai e seu irmão pensariam?"

Quase enfiei minha espada nele ali mesmo.

"Nós pedimos desculpas. Sabemos que esse é um assunto delicado. Agora veja, nós poderíamos usar o seu fogo. Você deveria nos ouvir. Ou você acha que essas suas amiguinhas e aquela bruxa com garrafas azuis e magia fraca podem resistir a nós? Que você vai parar o que está vindo com cantos e a Água da Mamãe? Olha sua cara! Você acha que não sabemos tudo sobre você? Menina, você ao menos entende contra o que está lutando?"

Ele faz um sinal e eu fico tensa. Mas o Klu que dá um passo à frente nem olha para mim. Ele apenas coloca um prato na mesa. Eu baixo o olhar e vejo o pedaço de carne, malpassado e sangrento. Há um corte na carne que repentinamente se abre como uma boca e solta um guincho agudo.

Por pouco não viro a mesa ao ver a carne gemendo no meu prato. Eu me viro para olhar o restaurante, onde as pessoas estão comendo. Devorando esta carne viva. Enfiando na boca como porcos na lama, mastigando, moendo e engolindo aquilo. Essa visão traz a bile para minha garganta. Pego um garfo e apunhalo a carne, finco com força enquanto ela grita e se contorce.

"Um dia", digo entredentes, "vou cortar você em pedacinhos."

Pego minha espada, levantando e empurrando a mesa. Os Klus me encaram com olhos assassinos. Mas o Açougueiro Clyde balança levemente a cabeça. Eu olho as pessoas, petrificada ao ver a forma com que comem, e me afasto rápido, querendo sair deste lugar. Uma multidão de vozes me alcança quando chego à porta de entrada. "Que bom que você veio me visitar", Clyde diz, "isso significa que precisamos retribuir o favor. Vejo você em breve." Risos de centenas de bocas me perseguem até a saída do restaurante, como um coro agudo de navalhas em meus ouvidos.

"Não sei por que a gente não pode só jogar um Copas", Sadie resmunga. Ela está toda jogada na cadeira com aquele macacão enorme, com a Winnie do lado. "E como você aprendeu esse jogo de alemão, afinal? Você foi lá pra matar ou pra aprender a jogar carta?"

A Chef abre um sorriso amigável, fazendo as cartas se perderem entre os seus dedos enquanto embaralha. A gente está na Nana Jean. Fazenda cheia de gente e lâmpadas de querosene refletindo nossas sombras nas paredes. Vejo meu novo relógio de bolso, feito de bronze em vez de prata. Onze e meia. Uma hora de atraso.

"Peguei a manha com alguns soldados alemães que capturamos", responde a Chef. "Nenhum deles tinha mais que 16 anos. Os brancos disseram que os negros tinham rabos e que éramos canibais. Então esses alemães que a gente capturou eram extremamente amigáveis. Achavam que ensinar jogos de cartas ia evitar que fossem comidos." Ela puxa o Chesterfield fumegante dos lábios para soltar cinzas e fumaça, antes que o rosto dela pudesse mergulhar na escuridão. "Aí, fomos avistadas por uma tropa alemã, e um deles tentou revelar a nossa posição. Eu mesma tive que cortar a garganta dele. Menino estúpido."

"Você tem alguma história *boa* sobre essa guerra?", Sadie pergunta.

Emma Krauss, com o rosto radiante, puxa uma cadeira, ajeita o vestido marrom e elegante e coloca a espingarda que carrega no colo — que ela chama de Merkel. A coisa parece maior do que ela. "Meine Fruendin Cordelia. Passa umas cartas pra mim. Minhas irmãs jogavam este jogo. Mas eu não sou tão boa quanto elas."

A Chef levanta uma sobrancelha. "Desde quando os revolucionários se ligam nos passatempos da burguesia?"

"Pelo contrário, gosto bastante de cartas! Jogos de habilidade e azar, que colocam homens e mulheres em um campo nivelado."

"A menos que a pessoa que estiver dando as cartas embaralhe o baralho contra você", contrapõe a Chef.

Emma olha por cima dos óculos. "Ora, Cordelia, você soa como uma socialista."

A Chef dá uma gargalhada, deixando a viúva entrar no jogo.

"Se vocês querem que eu jogue, então nada de conversinha furada", Sadie avisa. "Já basta ter que passar o sábado à noite trancada aqui." O rosto dela se suaviza em um sorriso torto. "Cês sabem quem tem as melhores conversas? O tal do Lester. Ele sabe as coisas mais incríveis. Ele fala sobre os antigos governantes negros da Etiópia. Vocês sabiam que ele disse que havia um lugar chamado Meroe, governado por rainhas? Já pensou? Mulheres negras mandando em algo? Aposto que eu teria sido uma ótima rainha de Meroe. Andando por aí com elefantes ou algo assim."

"Acredito que Meroe seja a antiga Núbia", acrescenta Emma. "Um dos seus reis salvou Israel dos assírios."

"Tá vendo! Aposto que o Lester sabe disso. Posso ouvir o que ele tem a dizer o dia todo!"

"Se você tá dizendo...", murmura a Chef. "Suponho que esse Lester tenha dado uma ótima conversa em você naquela noite."

Sadie estreita os olhos. "Você tem uma mente suja, Cordelia Lawrence." Chef pisca na minha direção. "Vai entrar?"

Não tenho certeza se ela fala do jogo ou da chacota com Sadie. Balanço a cabeça. Eu costumava importunar o meu irmão pra me ensinar o jogo de cartas que ele jogava em segredo com os amigos. Ele me ensinou a escrever, a calcular, até a pescar. Mas nunca as cartas. Eu fecho meu livro e me afasto.

Quando contei a Nana Jean sobre o meu encontro com o Açougueiro Clyde, ela ficou mais vermelha que um tomate de tanta raiva. Digamos que eu era uma presa idiota entrando na toca de um lobo. Tentei explicar que precisamos saber o que os Klus tão planejando. Ela continuou brava, mas concordou comigo sobre o significado das palavras de despedida do Açougueiro Clyde. Ele está vindo atrás de nós. E a gente está se preparando desde então.

Eu passo por onde os Cantadores estão sentados de mãos dadas. O Tio Will conduz uma oração. Nana Jean convenceu eles de que era muito perigoso sair pela estrada com os Klus por perto. Se o Açougueiro Clyde sabe tanto quanto diz, com certeza ele também sabe sobre nós.

Estamos observando você há muito tempo, Maryse. Eu afasto as palavras dele e me aproximo da cadeira da mulher gullah. Molly está com ela, lendo telégrafos codificados da resistência.

"Há atividade Klu em todo o estado", ela diz. "Os homens da sra. Wells-Barnett reportaram que os membros da Klan tão se organizando em Stone Mountain pra exibição do filme."

"A Grande Ciclope." Ambas se viram e olham para mim. "O Açougueiro Clyde disse que o que tá vindo é algo grande. Foi em Stone Mountain que eles conjuraram o que começou tudo isso. Com certeza é lá que essa Grande Ciclope vai surgir!"

"Aposto que o governo também sabe disso!", Sadie grita.

A gente só ignora.

"Os indígenas costumavam se encontrar nessa montanha", diz Molly, pensativa. "Ela pode ser um ponto focal onde os mundos se encontram também. Faz sentido, porque foi lá que o Simmons abriu o portal. Talvez planeje fazer de novo pra trazer este... Ciclope."

Nana Jean franze a testa ao olhar para mim, com as sobrancelhas grossas eriçadas. Ainda brava, diz: "Aquelas mulher diabo não te disse nada?".

Eu balanço minha cabeça. Apesar da tia Ondine ter me convocado, não consegui nenhum detalhe maior delas.

"Precisamos informar as pessoas do que vai acontecer em Stone Mountain. Dizer que precisamos parar isso."

"Pelas informações que a gente tá recebendo, vai ter centenas de Klans lá", diz Molly. "Quem sabe quantos desses não serão transformados."

"Derrubamos o quanto pudermos, mas precisamos estar lá!"

"Rá! Como vamo pegar eles, se tamo aqui?" Nana Jean bufa.

"Ela tá certa", concorda Molly. "Não me olhe assim. Eu não tô culpando ninguém. Mas a gente tá escondida aqui desde ontem à espera de um ataque. Como vamos estar em dois lugares ao mesmo tempo?"

Elas estão certas, eu sei. Desde que o Açougueiro Clyde me ameaçou, a gente está presa aqui. Fiquei acordada a noite toda, mas nada. É sábado à noite, quase chegando na manhã de domingo. E está tudo quieto. A dúvida começa a surgir. Talvez o Açougueiro Clyde só queria me afastar mesmo. Nos manter fora do caminho enquanto ele segue com seu plano.

Uma batida forte na porta me faz girar a cabeça, pronta para invocar a espada. Eu não sou a única. A Chef se levanta com a faca. Emma segura a espingarda e Sadie, de alguma maneira, já está com uma bala engatilhada e com o olho na mira da Winchester. Mas então a batida se repete, duas vezes, e mais uma vez.

Molly dá um pulo. "Um dos meus!"

Ela vai até a porta para abrir. De fato, é uma das aprendizes dela com um rifle pendurado no ombro. Molly diz que é péssima com armas, mas pelo menos duas das jovens mulheres Choctaw que ela ensina são boas de mira. Esta que chegou agora está usando um chapéu preto de aba larga. O nome dela é Sethe, eu acho. Ela carrega alguém pequeno em volta do pescoço: um dos meninos que nos ajudam a embalar a Água da Mamãe.

"A Klan!", ele ofega, com o pequeno peito arfando. "Papai me fez correr até aqui pra contar, Klans atacando!"

"Onde?", eu pergunto, empurrando todas que estão na minha frente.

Ele dá outro gole de ar. "No Francês!"

NOTA 21:

Devemos morrer neste campo? *Bem, esse Cântico tem muitos significados. O campo é onde os escravizados foram forçados a labutar durante a vida toda. Ou pode falar também deste mundo, em que todos partirão algum dia. O que mais havia para fazer naquele trabalho enfadonho, dia e noite, sem parar, além de pensar na vida, morte e nos propósitos de Deus? Todos aqueles grandes pensadores tombaram perante o chicote. Eles se foram e levaram pro túmulo os seus segredos.*

— Entrevista com a Sra. Henrietta Davis, de 72 anos, transliterado do gullah por EK. —

P. DJÈLÍ CLARK

RING
SHOUT

GRITO DE LIBERDADE

5

O velho Packard corre pelas estradas rurais de Macon, o motor ronca ruidosamente pela noite. Ao meu lado, Sadie masca tabaco com tanta força que posso ouvir os dentes dela se chocando. Desta vez, eu me contenho e não peço que pare de mastigar no meu ouvido. Ela está preocupada, eu sei. Todas estamos.

Ficou tudo confuso quando recebemos a notícia. O ataque deveria ter sido contra nós, não contra o Francês. Por um momento, houve apenas um caos de discussões e gritos. Sadie foi quem primeiro agarrou o rifle e se dirigiu à porta, dizendo que não tinha tempo para ficar sentada ali só resmungando. Eu e a Chef nos juntamos a ela, deixando o pessoal de Molly e Emma cuidando da Nana Jean. Todos os nossos medos se tornam reais quando avistamos o que está por perto.

O Francês está pegando fogo: chamas alaranjadas brilham na escuridão. As pessoas passam correndo por nós na estrada, ainda com roupas de sair. Sábado à noite, o boteco sempre está lotado. Pior hora para isso acontecer. Eu olho para cada um, com um nó no estômago enquanto procuro por Michael George. Mas eu sei, melhor do que ninguém, que ele nunca deixaria o lugar que construiu e fincou raízes.

Chef, enfim, para o Packard; não tem mais como dirigir com tantas pessoas no caminho, fugindo. Saímos do carro e tentamos abrir caminho entre elas. Os Klans, eles dizem, entraram destruindo o lugar, chicoteando as pessoas. Um homem mostrou a camisa rasgada em pedaços, as costas ensanguentadas. Outro, com os olhos arregalados, parece delirar ao falar sobre monstros. Klus. Ele passou a ver os Klus de repente. Pode acontecer com qualquer um. Quando finalmente chegarmos ao Francês, poderemos ver o caos com nossos próprios olhos.

Não parece o mesmo boteco. O átrio inteiro carbonizou, e as chamas lambem o segundo andar. Pessoas correndo pela porta de entrada, tropeçando e caindo na tentativa de sair. E bem ali, esperando, está um amontoado de membros da kkk. Todos com túnicas brancas, capuzes sobre a cabeça, deixando apenas os olhos visíveis. Mas ainda posso dizer os que são Klus. E não há como confundir o maior deles, segurando uma Bíblia e gritando.

O Açougueiro Clyde.

"Irmãos, devemos fazer o nosso melhor pra erradicar os vícios em nosso meio! Fornicação! Bebida! Música pagã! Só nos resta corrigir a obstinação dessas mentes simples, pois um pai deve governar sobre os seus filhos e sobre o seu lar, chicoteando os pecadores pra que eles possam ser persuadidos a seguir um caminho do bem!"

As pessoas fugindo do fogo tentam se forçar no meio do bando, e os Klans, com chicotes, atacam quem conseguir. O som do chicote cortando carne faz o meu sangue ferver. Eu começo a avançar, mas a Chef me agarra, apontando na direção do bar em chamas.

"Ainda tem gente lá dentro!"

Eu olho para uma janela e vejo as sombras de homens e mulheres presos nas chamas. Eles fogem da minha vista e um conjunto de sombras maiores vão atrás deles. Klus!

Sadie rosna e sai correndo até os fundos do bar. Não tenho muita escolha a não ser ir com ela. Alcançamos uma porta, mas há uma barra emperrando a entrada — fazendo da porta principal a única esperança de fuga. Ou para queimarem aí dentro. Assim que arrancamos essa barra, várias pessoas escapam por ali, tossindo e se dobrando. Nós deixamos que passem e entramos correndo.

Chamas e fumaça recebem a gente, mas através da névoa eu localizo o primeiro Klu: um demônio totalmente transformado no meio do fogo do inferno. Ele está com um braço erguido, prestes a atacar algumas vítimas encurraladas contra a parede. Eu não pago para ver.

A espada escuta o meu chamado, junto das visões. Uma mulher em Saint-Domingue grita uma canção de guerra para tropas francesas abaladas, enquanto toca fogo em si mesma; um homem em Cuba aplica um bálsamo nas costas abertas de outra pessoa, enquanto canta para acalmar os gritos de dor da amada; uma mãe foge através dos densos pinheiros do Mississippi para um campo de contrabando, cantarolando na tentativa de acalmar os bebês. A garota no escuro está lá também, e eu encolho os ombros para afastar o medo que sinto dela, antes que ela possa me tomar.

A espada se torna sólida em minhas mãos e a fumaça escura vira metal. Desço a lâmina nas costas do Klu, exatamente onde habita um dos corações da criatura. Ainda bem que as dissecações da Molly existem. Ele cambaleia, caindo de lado, e eu enfio a espada na garganta dele. As pessoas que salvei ficam lá com os olhos esbugalhados. Se eles não têm a visão do monstro, acabaram de me assistir empalando o ferro no pescoço de um homem.

"Tentamos lutar com ele", gagueja um, "mas ele é forte como... não é normal!"

"Vão! Sai fora..."

Antes de terminar de falar, algo bate em mim. Eu tombo de costas e o ar sai dos meus pulmões. Quando eu sugo um pouco dele de volta, a fumaça me faz engasgar. Entre lágrimas, posso ver um Klu em cima de mim. De onde isso saiu? Com as mandíbulas abertas, um fio de baba quente e úmido escorre em mim. Essa coisa vai arrancar o meu braço com uma mordida? Não só meu braço; a minha espada.

Com toda a força que posso juntar, invoco o poder da espada novamente. Os perversos reis e senhores de engenho gritam os nomes dos deuses adormecidos, e a folha preta se transforma em aço quente na boca do Klu. Ele grita, saindo de cima de mim e arranhando o próprio rosto, que se torna uma carne carbonizada. Eu avanço para acabar com o Klu, mas antes uma bala entra pelo flanco dele. As pessoas acuadas não se mexem, mas começam a gritar. E gritam ainda mais forte quando a segunda bala perfura os olhos do Klu. Morto.

Vejo Sadie apontando a Winnie diretamente para mim.

"O que...?"

"Abaixa!"

Tenho o bom senso de pular no chão. Uma bala passa voando por cima de mim e escuto outro grito. Eu viro a cabeça para ver dois Klus de quatro, envoltos em fogo, atacando outro cômodo. Sadie puxa a alavanca e atira tão rápido que mal tenho tempo de contar. Uma bala, três, cinco. Agora há mais dois Klus mortos.

As pessoas acuadas param de gritar. Pelo menos duas delas desmaiaram. Talvez o resto tenha ficado sem voz. Elas não se movem, apenas abraçam a parede e tremem. A Chef aparece, falando para se afastarem. "Me ajuda a levar eles pra fora", ela grita entre as tosses, levantando um homem fraco. "Este lugar inteiro vai queimar!"

Começo a agarrar uma mulher quando escuto uma série de gritos e berros. Todos nós olhamos para cima. O segundo andar. Michael George?

"Eu vou!", digo.

"Sozinha?", Sadie grita.

Mas já estou a caminho.

Subo as escadas correndo e parece que estou entrando pela garganta de um dragão cuspindo fogo. É ainda mais quente aqui e a fumaça quase me cega. Sigo os gritos por um corredor e localizo um Klu se jogando contra uma porta e, a cada impacto, soam gritos do outro lado. Dou um assobio estridente e o monstro vira a cabeça com seis olhos na minha direção. Rugindo, ele vem para cima de mim. Eu corro de encontro a ele, caindo de joelhos e deixando o impulso da queda me empurrar pelo chão, fazendo com que eu corte a sua parte inferior. Ele passa por cima, e tenta girar para voltar a correr em minha direção, escorrega e cai para frente com as entranhas derramadas. Na porta, os berros voltam. Eu grito para que abram, mas isso só ocorre depois que eu solto alguns xingamentos. Não é Michael George. Um homem e uma mulher trêmulos, com as roupas pela metade. Não há necessidade de perguntar o que eles estavam fazendo.

"Vocês precisam sair!", eu digo a eles.

Precisamos retirar a barricada que eles ergueram com uma cama e uma cômoda. Assim que entramos de volta ao corredor, eles veem o Klu agonizando, torto, rastejando atrás de mim, e começam a gritar. Revirando os olhos, coloco a minha espada no crânio do monstro. Eles gritam ainda mais. Enquanto digo a eles para chorar menos e andarem mais, escuto um vidro quebrando, seguido de um estrondo. O som se repete várias vezes. Em seguida, há um baque pesado como um galope e...

As portas de uma das salas se abrem para mostrar três Klus lutando na tentativa de passar pelo espaço estreito. Mais portas se abrem e mais Klus entram. Essas malditas coisas escalaram a estalagem e entraram pelas janelas de cima! O corredor se enche deles, na frente e atrás. Eu paro de contar no oitavo. É fácil descobrir o motivo de estarem aqui, basta ver a maneira como se viram na minha direção com os olhos brilhando. Eu levanto a espada e deixo que cante.

Os próximos momentos são de puro caos: estalos de dentes, garras e sangue, e coloque na equação mais duas pessoas gritando atrás de mim. Não é uma luta bonita. Eu faço arcos largos com a espada, fazendo o possível para manter esses monstros afastados. Mas assim que eu abro espaço, mais monstros entram. Não consigo continuar assim. Entre meus pulmões sufocando com a fumaça e o calor do fogo, estou desbotando rapidamente. Um Klu quase me parte ao meio antes que eu contra-atacasse. Começo a me perguntar se essa bagunça tem saída, quando escuto um grito e o som abençoado de um Winchester carregando. Sadie está na beira da escada parecendo um anjo, usando o macacão de sempre e descendo para lutar no inferno. O rosto dela se ilumina ferozmente pelas chamas, segurando a Winnie como a espada do julgamento.

Em um borrão, ela atira nos Klus, não naqueles que estão na frente dela, mas nos que estão atrás de mim! Os tiros são diretos na cabeça. Matando dois com uma bala só. Eu nunca vi nada parecido. Antes que eu possa contar até quatro, o caminho atrás de mim está livre.

"Vai!", ela grita.

Eu me apronto para ajudar, imaginando nós duas de costas uma para outra, enfrentando todo esse bando. Mas ela acena com o rifle para mim e grita de novo.

"Para de ser teimosa, só desta vez! Leva os dois e eu vou atrás!"

Tudo bem, então. Empurro o casal atordoado. Nós corremos e ouço Sadie gritando: "Tudo bem, todos vocês pretos branquelos! Só vocês, eu e a Winnie agora!". Uma série de rugidos raivosos respondem e eu olho para trás. Vejo cada um dos Klus surgindo na direção dela como um enorme saco de pele pálida, extravasando a raiva deles. No meio da fumaça, noto Sadie rindo deles, mexendo na alavanca do Winchester e atirando como se não houvesse amanhã.

Tiros de rifle soam em meus ouvidos quando alcançamos a escada dos fundos. A gente corre, tropeça e quase cai algumas vezes na névoa densa. Quando chegamos na porta, saímos cambaleando, respirando o ar da noite. Tô inclinada, cuspindo os meus pulmões, quando a Chef aparece. Ela está ao lado de um rosto familiar: Lester. Ele tem um corte na testa, mas por outro lado parece bem.

"Michael George!", eu falo tossindo. "Você viu ele?"

Um olhar de dor cruzou o rosto dele. "Os Klans pegaram ele!"

Eu olho para cima, alterada. "Como assim?"

"As pessoas me disseram a mesma coisa", diz a Chef. "Que os Klans estavam sequestrando gente. Talvez meia dúzia. Enfiaram eles nos carros e partiram."

Eu imagino Michael George, lutando enquanto fosse arrastado. Mas por que eles o levariam? Ou qualquer outra pessoa? Não faz sentido.

"Sadie", Lester diz, o rosto frenético. "Onde ela tá?"

Prestes a dizer que ela está logo atrás de mim, olho nesta direção e não há ninguém. E eu percebo que já faz um tempo desde que ouvi um tiro de rifle. Meus olhos vão até o bar em chamas e o meu estômago embrulha. Eu saio correndo, ignorando a Chef me chamando, e dou um grande gole de ar puro antes de mergulhar de volta na fumaça e no fogo.

Não consigo ver nada direito, tropeço, bato em uma parede antes de encontrar as escadas dos fundos. A fumaça fez meus olhos lacrimejarem e meus pulmões queimarem. Mas eu não posso parar. Quando chego em cima e me viro na direção do corredor, não consigo tirar os olhos da cena diante de mim.

Há Klus mortos em todo canto. A maioria se transforma em cinzas, mas o fogo atinge alguns deles e o fedor das carnes esquisitas e tostadas escalda minhas narinas. Escalo corpos e cubro a boca e o nariz com o boné, bloqueando a fumaça e o fedor da melhor forma que posso. Deve haver cerca de uma dúzia no chão, mas não vejo Sadie. Grito, não obtenho resposta e, por um breve momento, acho que ela conseguiu sair daqui de alguma maneira. Então, no final do corredor, vejo a coronha de um rifle de madeira. O medo consome a esperança. Quando me aproximo, preciso de todas as minhas forças para empurrar o Klu que está em cima do rifle.

Embaixo dele, Sadie.

Ela está encostada na parede. E ela está... Eu engulo em seco. Senhor, ela está toda rasgada.

O macacão dilacerado e a camisa quadriculada encharcada de sangue. O braço que segurava a Winnie se tornou uma ruína de carne exposta. Vejo a outra mão pressionada contra a barriga. Aperto o ombro e chamo o nome dela, e os olhos castanhos se abrem, fixos em mim. Os lábios pálidos começam a resmungar: "Maryse, por que cê é tão barulhenta?".

Não tinha percebido que estava gritando.

"Tá vendo todos os Klus que eu e a Winnie derrubamos?"

"Tô vendo sim. Consegue levantar? Temos que sair!"

Ela tosse uma risada. "Sair? Não sei se ainda tenho pernas. Elas ficaram dormentes. Também não consigo sentir muito as minhas mãos. E tô tremendo de frio."

"Eu carrego você! Não tem como você pesar mais do que uns trocados."

O canto da boca dela abre com a minha piada, mas então ela solta um suspiro abatido. "Não pensa que vou sair do Francês hoje." Ela tira a mão da barriga e eu engasgo em choque. O estômago dela foi aberto e tá derramando uma cachoeira de sangue. Eu pressiono meu boné contra a ferida, tentando fazer parar. Por favor, Deus, faça isso parar!

Sadie empurra debilmente minha mão. "Você precisa ir, Maryse. Não faz sentido nós duas queimarmos aqui. Só me garanta um bom funeral."

"Não!", grito, tossindo. "Planeje seu próprio maldito funeral!"

Mas ela continua falando como se não me ouvisse.

"Em uma igreja. Eu sei que não vou muito, mas mesmo assim quero que seja em uma. Com um grande coro também. E muito canto. Bota o Lester na frente, berrando com os olhos. Diz para ele que não quero que supere ainda. Ele precisa sofrer por mim, pelo menos o suficiente para não conseguir ficar com as próximas duas ou três mulheres que aparecerem. E você e a Chef façam algo especial por mim. Algo que você sabe que eu iria gostar."

"Sadie...", eu choramingo.

Os olhos dela se voltam para mim. "Meu avô disse que quando morremos, a gente pega nossas asas de volta, aquelas que os brancos cortaram quando viemos pra cá. Talvez eu voe e encontre a minha mãe. Ou faça o caminho de volta pra África. Lester me disse que uma daquelas rainhas de Meroe lutou contra os romanos. Ela também era uma senhora má, com um tapa-olho. Cortou a cabeça de uma das estátuas deles e enterrou debaixo do palácio dela! Não é incrível? Eu teria sido uma ótima rainha! Consegue me imaginar com um tapa-olho, Maryse?"

Eu não consigo responder. Porque Sadie morre bem ali em meus braços.

Coloco o corpo imóvel contra a parede, acaricio seu cabelo, deixando a trança cair na frente do jeito que ela gostava. Então, coloco os braços em volta da Winnie, antes de beijar a testa dela e dizer adeus. Não saio pelos fundos. Eu desço pelo que restou da escada principal, a fumaça e as chamas não me incomodam mais. Há um calor pior crescendo em mim. Começo a correr. Parte das minhas roupas estão em chamas, mas não me importo. Eu miro na porta de entrada, e me jogo na noite com um salto.

Um membro da KKK olha para cima, assustado por trás do capuz ao me ver voando pelo ar, gritando como um demônio. Tô pronta para enterrar a minha lâmina vibrante em cheio no crânio dele, mas ele não é um Klu; apenas um homem. E dei minha palavra a Nana Jean. Então corto a mão dele em vez disso. Ele me encara emudecido enquanto a mão voa, ainda segurando o chicote. Eu chuto o peito dele e ele se estatela no chão. Corto a perna de outro membro e ouço com prazer os seus gritos enquanto cai. Atinjo o terceiro duas vezes com a parte plana da lâmina, até ouvir o rangido feliz dos dentes dele quebrando e ver o sangue escorrendo pelo capuz branco. Mas eu quero mais. A raiva em mim precisa matar algo. Algo que não seja gente.

Vários Klus finalmente aparecem. Eu grito para eles se transformarem. Eu quero que morram como monstros, mas eles recuam. Os membros da Klan também. Por fim, um deles dá um passo à frente, grande e largo. Minhas mandíbulas cerram. Açougueiro Clyde.

"Maryse", ele chama, "eu disse que nos veríamos novamente em breve."

"Eu vou matar você", digo sem rodeios.

"Ora, Maryse, achamos que nunca vimos você tão brava." Os olhos dele me leem. "Hum, tem perda aí. Algo infeliz aconteceu a um de seus amigos. A Alta? Não? Outra? Ah! A mais esquentadinha! Com o rifle! A pequena Sadie?"

Assim que o nome dela sai daquela boca suja, eu parto para cima. Em minha cabeça, os espíritos dos escravizados vingativos cantam. Sinto a raiva deles em meu golpe, ansiosos para arrancar a cabeça do Açougueiro. Mas ele recua, mais rápido do que eu esperava, e minha espada encontra um metal, ecoando um estrondo agudo que reverbera pelo meu braço. É um cutelo. Ataco de novo e me encontro com outro cutelo. Ele me bloqueia com os dois em todas as minhas investidas.

Frustrada, recuo, recuperando o fôlego. Ele ri.

"Como dissemos, não somos um cachorro para ser sacrificado. Desde que aprendeu a usar essa bugiganga, você melhorou, convenhamos. Ao menos está melhor do que aquela noite aos arredores de Memphis."

As palavras dele me deixam paralisada. E sob esse capuz, imagino que ele sorri. "Acha mesmo que não sabíamos onde você estava se escondendo? Sob as tábuas do assoalho, no escuro, assustada e tremendo. Claro que sim. Mas precisávamos que você se tornasse quem você é agora. Era necessário te encher de terror. Raiva. Por isso deixamos para você aquele presentinho no celeiro."

Algo em mim se quebra. Eu rosno como se não fosse mais humana, uma fúria incandescente está por trás dos meus golpes, que arrancam faíscas dos cutelos. Eu não quero só matar; quero acabar com a raça dele, de um jeito que não reste nada. A música em meus ouvidos estronda, seguindo o ritmo do meu sangue quente. Por um momento, tenho certeza de que vou pegar ele, mas ele começa a cantar.

Não vem da boca dele, nem do rosto. São aquelas outras bocas, todas as pequenas que se abrem sob as vestes, cantando em um coro sem harmonia ou padrão. Como no sonho, dói. Tão agudo e estridente que corta e distorce meu próprio ritmo. Eu cambaleio, fora de tom, minha música some, tento recuperar, mas ela escapa, desaparece.

Eu fraquejo quando a música do Açougueiro Clyde chega aos meus ouvidos. Meus ataques dão errado. Não consigo nem manter o equilíbrio, tropeçando nos próprios pés, caindo sobre um joelho. Levanto minha espada e os dois cutelos do açougueiro descem sobre ela, surgindo um clarão prateado. Há um choque quando as armas se batem, espalhando dor pelo meu corpo. Enquanto observo, atordoada, a lâmina da espada se deformar com este canto horrível, ficando frágil, até se despedaçar.

Minha mente não aceita o que acabou de acontecer, mesmo vendo a espada em pedaços de metal se transformando em fumaça, deixando minha mão vazia. Uso as canções e visões para invocar a espada de novo, mas há apenas a terrível desarmonia do Açougueiro Clyde preenchendo o vazio. Ele coloca a ponta do cutelo embaixo do meu queixo, me forçando a olhar nos olhos dele transformados em bocas cravejadas de dentes.

"Isso não poderia terminar de outra maneira", as bocas falam ao mesmo tempo. "O ódio é o nosso domínio. Essas tias intrometidas nunca te contaram por que você foi escolhida para empunhar aquela espada? Encheram a sua cabeça com histórias sobre ser a campeã delas? Pense o que quiser de nós, pelo menos dizemos a verdade. Disse antes que queríamos fazer uma oferta, Maryse. Dar a você aquilo que você deseja mais do que qualquer outra coisa: poder sobre a vida e a morte."

"Vá pro inferno!", eu cuspo. "Você não tem nada que eu queira!"

Ele balança a cabeça, tirando o capuz. "Talvez você precise ser mais receptiva." Ele estica a língua carnuda e lambe os dedos contorcidos. Atrás de mim, um Klu me agarra, segura minha a cabeça e abre a minha mandíbula. Eu assisto aquela carne retorcida nada natural alcançando meus lábios, ansiosa em abrir caminho para dentro de mim. Por alguma razão, a única coisa em que consigo pensar é no meu irmão me contando sobre Coelho Bruh, capturado e tentando enganar o Raposa Bruh pra conseguir ir embora.

Vá em frente, me assa ou me esfola, apenas não me joga naquele canteiro de espinheiros!

Escutamos um assobio estridente. O Açougueiro Clyde se vira e eu sigo o olhar dele. Chef! Ela segura uma banana de dinamite em uma das mãos e o isqueiro na outra.

"Eu não sei o que diabos você é", ela diz. "Mas vou precisar que você solte ela, ou vou ter que fazer algo drástico aqui. Não pensem que não tenho pólvora e prata suficientes pra mandar a bunda horrorosa de todos vocês pra casa do caralho. É melhor acreditarem nisso."

O Açougueiro Clyde olha para ela, antes de dar um sinal. As mãos que me seguram me soltam e eu levanto, cambaleando até a Chef, que me pega. Juntas, recuamos uma boa distância antes que ela se abaixasse para sussurrar: "Eu não tenho mais dinamite! Ou prata! Corre!".

Nós corremos. Eu olho mais uma vez para trás, só confirmando se estamos sendo perseguidas, mas os Klus e os membros da Klan permanecem parados. Meus olhos encontram os do Açougueiro Clyde.

"Venha nos ver, Maryse!", ele convida. "Você sabe onde! Eu te disse: nós temos o que você deseja! Mais do que tudo!"

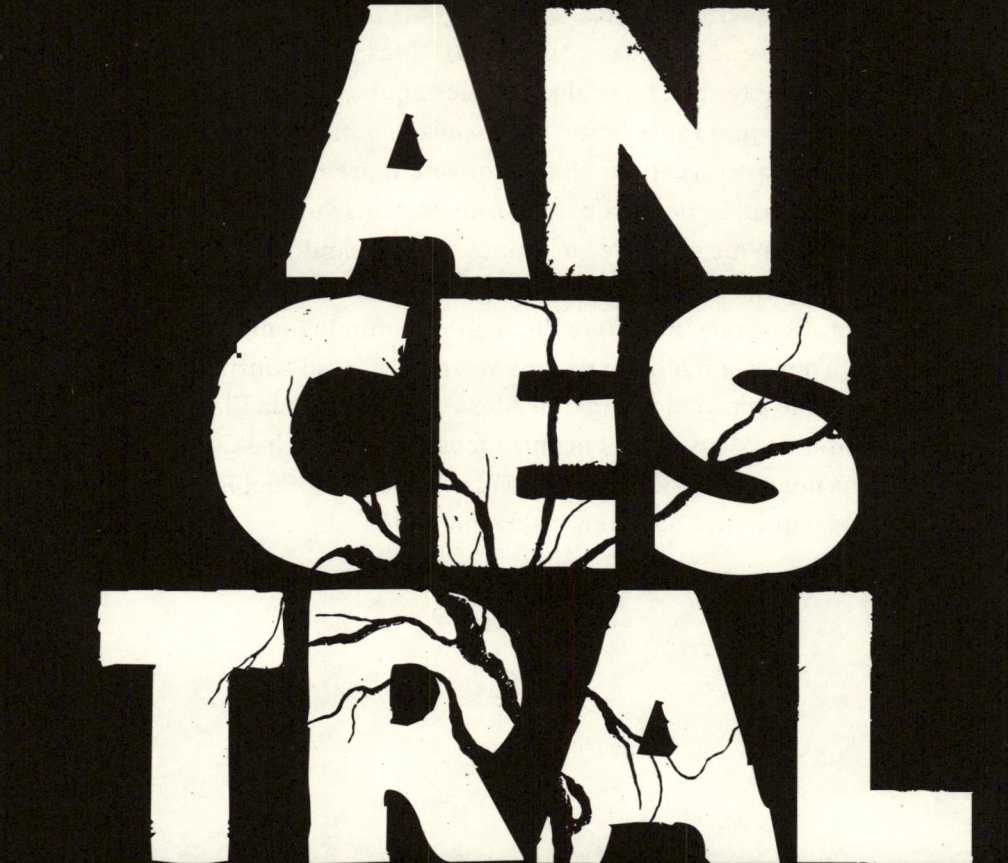

6

A fazenda da Nana Jean parece um túmulo. Faz uma hora desde que voltamos. Não foi fácil para a mulher gullah receber a notícia. Ela está na cadeira, com uma das mãos cobrindo o rosto, e Molly ao lado, tentando consolar. A Chef está em uma mesa, de mãos dadas com Emma. O resto dos Cantadores sussurram alguma canção triste, enquanto o Homem Palito faz a percussão devagar de uma marcha fúnebre.

> *Caminho sob a luz da lua, caminho sob a luz das estrelas,*
> *Pra deixar esse corpo descansar.*
> *Vou caminhar no cemitério, vou caminhar pelo cemitério,*
> *Pra deixar esse corpo descansar.*

As vozes soam como um lamento profundo, preenchendo o lugar com potência. Mas nada disso parece real.

Sadie. Morta. Como isso pode ser real?

Há poucas horas, a gente estava aqui, ouvindo Sadie reclamar e viver. Agora ela se foi, queimada dentro de um bar. Eu cerro meus punhos, ando de um lado a outro, cravando as unhas em minhas palmas até doer. Essa dor pelo menos parece real.

"O que a gente vai fazer?", eu chamo atenção de todos, precisando conversar. É isso ou gritar.

Todos os olhos se voltam para mim. Até os Cantadores ficam quietos.

"Fazer sobre o quê?", Molly finalmente pergunta.

Eu fico olhando como se ela tivesse perdido a cabeça. "Os Klus ainda tão se reunindo pra fazer as suas conjurações! Essa tal de Grande Ciclope tá chegando!"

"Não sei o que podemos fazer sobre isso", responde Molly. "Os números contra nós mostram que..."

"Então peça pra Atlanta mandar quem puder vir!"

Ela parece cética e eu penso em Michael George.

"E as pessoas que eles sequestraram?"

"Provavelmente levaram pra fazer este ritual", Emma responde. "Não seria a primeira vez que eles derramariam nosso sangue pra isso."

"E a gente só vai deixar que eles sejam sacrificados?", eu pergunto.

Molly fecha a cara. "Não tô dizendo isso, mas a gente pode cair numa armadilha."

"Cordelia me disse que você perdeu a sua espada?", Emma pergunta. Com isso, as sobrancelhas de Molly sobem e Nana Jean olha para cima com firmeza. Eu olho para a Chef, mas ela mantém a cabeça baixa. "Com a terrível perda de Sadie, as nossas forças se esgotaram."

Eu balanço a cabeça. "Nós podemos encontrar uma maneira. Chef, você poderia montar algumas bombas e detonar todos eles naquela montanha!"

"Os buckrah estúpido também?", Nana Jean pergunta.

"E as mulheres e as crianças", acrescenta Molly. "Todos vão aos rituais agora."

"Todos eles! Eu não me importo se eles são pessoas ou monstros! Explodir até o último deles! Eles tem que pagar pelo que fizeram!", eu não percebo que estou gritando até a sala ficar em silêncio novamente, e o sangue quente preencher meus ouvidos.

"Isso não vai trazer ela de volta", a Chef diz calmamente. Ela olha para mim, os olhos vermelhos e úmidos. Luto para falar, mas é como se a raiva prendesse a minha língua.

"Cê precisa calma", Nana Jean diz, "ou vai queimá."

Ela está certa. Minha pele está em chamas. Sinto como se pudesse tirar ela fora. Me afasto e saio pela porta da frente. A Chef me chama, mas já saí da varanda, indo até o quintal de árvores com garrafas. Há um ninho de vespas na minha cabeça, eu não consigo ficar quieta, como se um pedaço do canto horrível do Açougueiro Clyde rastejasse para dentro. Olhando o céu noturno, solto o grito que estava segurando.

"Onde você tá? Me dá a espada e agora pega ela de volta? Me deixa sem nada?" As aprendizes da Molly ficam de guarda na varanda, olhando para mim. Mas eu não me importo. "Se eu sou sua campeã, me ajuda! Me diz o que devo fazer! Malditas sejam, me respondam!"

Com raiva, chuto uma das árvores com garrafas e caio de costas — em outro lugar.

Me levanto sem firmeza, cambaleando com a tontura. O céu azul sem sol é agora um laranja raivoso com fragmentos de raios dançando sobre ele. O grande carvalho não tem mais folhas, agora há longos lençóis pretos saindo dos galhos nus, balançando por uma brisa que não consigo sentir. Eu, tia Ondine, tia Margaret e tia Jadine, todas aqui, usamos vestidos pretos e chapéus largos e escuros. Uma mesa escura fica entre elas. Sem bebida ou comida desta vez, apenas uma trouxa de pano preto.

"Você sabia?", eu grito com tia Jadine. "Você vê o que está por vir! Você...?"

Ela corre para frente, me abraçando. Eu resisto, mas ela me segura com força, cantando a mesma canção de luto que os Cantadores:

Vou deitar no túmulo e esticar meus braços,
Pra deixar esse corpo descansar.
E a minha alma e a sua alma se encontrarão no dia,
Quando eu deixar esse corpo descansar.

Eu não sei por qual razão, mas essas palavras saindo dos lábios dela despertaram todos os sentimentos que tenho evitado nesta noite. Despenco naqueles braços, soltando um grito repleto de uma dor que tento não sentir há sete anos. Desde a noite em que perdi...

Eu fico lá, jogada, chorando, até conseguir recuperar o fôlego e encarar as tias.

"Eu precisava de vocês e vocês não estavam lá."

Tia Ondine olha para o céu furioso: "O véu... cresceu".

"O inimigo nos isolou do seu mundo!", tia Margaret resmunga.

"Então como vim parar aqui?"

"Você queria muito", diz tia Ondine. "Às vezes, isso é o suficiente."

Então eu me lembro. "Minha espada, ela..."

O rosto da tia Ondine me diz que ela sabe e todas olham para o pacote na mesa. Eu me desvencilho da tia Jadine, me levanto e encontro a espada, aninhada em um pano preto. A lâmina de folha escura em pedaços, uma borda irregular sobressai do cabo de prata. Corro os dedos ao longo dos fragmentos. Não tem música. Não tem nada.

"Ela voltou assim, quebrada", explica tia Ondine.

"Vocês conseguem consertar?"

Tia Margaret chupa os dentes. "Ninguém pode fazer isso, exceto você."

Como de costume, não tenho ideia do que isso significa, mas há outras coisas que precisam ser discutidas. Conto a elas sobre os meus confrontos com o Açougueiro Clyde e sobre o que ele diz que está por vir.

"Há um mal nascendo", murmura tia Jadine sombriamente.

"Esta Grande Ciclope." A boca da tia Ondine torce com o nome. "É uma encarnação do inimigo, em carne e osso. Temo o que isso vai significar no seu mundo."

"Isso vai significar o fim!", tia Margaret bufa.

"O Açougueiro Clyde disse mais do que isso. Ele disse que ele e os Klus vieram me procurar há sete anos. Que foram eles que..." Não consigo dizer o resto.

Todas as três trocam olhares antes que a tia Ondine acene com a cabeça.

O silêncio bate como um martelo.

"Então tudo o que eles fizeram foi por que me queriam? E por que vocês me escolheram, como sua campeã?"

Mais olhares trocados e eu luto para não começar a gritar.

"Pra impedir que você seja uma deles", diz tia Ondine finalmente.

Eu dou um passo para trás, cambaleando. "Não. Isso não faz sentido!"

"Eles não vieram te matar naquela noite. Não fisicamente."

"O inimigo tem uma profecia", fala tia Margaret. "Pra roubar a nossa campeã. E fazer ela ir pro lado deles."

"Nós impedimos que eles te levassem", explica tia Ondine. "Pra desfazer os planos deles. Mas temo que possamos ter feito o que eles precisavam sem perceber." Ela olha a espada quebrada. "A arma é uma ferramenta de vingança. O portador deve derramar a própria raiva e sofrimento nela. Achamos que isso poderia acabar com a sua dor, mas nós apenas alimentamos aquela ferida, transformamos você em uma assassina."

"É uma espada", eu rebato. "O que mais eu poderia ser?"

Tia Ondine me olha severamente. "Muito em breve, o inimigo vai fazer uma oferta. A sua escolha determinará o destino do seu mundo."

Eu encaro de volta, pronta para dizer que ela perdeu a cabeça, até que me lembro das palavras do Açougueiro Clyde: *Eu disse para você que queríamos fazer uma oferta, Maryse. Te dar o que você mais deseja: poder sobre a vida e a morte.* Eu balanço a cabeça em negação.

"O que eles têm a oferecer pra me fazer ficar do lado deles? Eles mataram o meu povo! Pessoas que se parecem comigo!"

"Não podemos ver. O inimigo esconde isso da gente...", começa tia Ondine.

"...mas você já aceitou mais de uma vez", finaliza tia Margaret.

Eu nem tenho palavras para perguntar o que ela quer dizer.

"Você sabe que tia Jadine pode perceber o agora, o ontem e o amanhã", diz tia Ondine. "Mas é mais do que isso. Ela pode ver *amanhãs*."

Agora elas estão realmente falando besteira. "Como pode haver mais de um amanhã?"

Tia Margaret suspira. "Garota, cada escolha que fazemos é um novo amanhã. Mundos inteiros esperam pra nascer."

"Em alguns, você aceita a oferta do inimigo, e tudo é escuridão", diz tia Ondine. "Assim como a ponta da espada determina o balanceamento dela, sua decisão decidirá o equilíbrio do mundo."

Eu olho para tia Jadine. O que essas coisas que vivem sob a pele do Açougueiro Clyde vão me oferecer para me convencer a trair tudo aquilo que me importa?

Poder sobre a vida e a morte.

"E se eu não aceitar essa oferta, nós ganhamos? Não há mais Klus?"

"Se você não aceitar", responde tia Ondine, "existe a chance da luta continuar. A esperança de um dia ver a vitória. Nada mais que isso."

Isso não parece justo.

Eu tenho mais centenas de perguntas, mas há coisas urgentes para resolver. "Precisamos parar essa Grande Ciclope, mas não há o suficiente de nós. Precisamos de ajuda. A ajuda de vocês. Com todas vocês lá, poderíamos..."

Tia Ondine começa a balançar a cabeça, com uma expressão repleta de culpa. "Fizemos uma escolha há muito tempo, de sermos vinculadas a este lugar. Se deixarmos aqui, nossos poderes serão perdidos. Podemos nem mesmo sobreviver à travessia. Você terá que enfrentar isso sozinha."

"Mas nós somos apenas pessoas!", eu rebato. "Eles são monstros! Nós precisamos..."

"Você precisa de monstros", murmura tia Margaret, os olhos semicerrados, pensando.

Tia Ondine se vira para ela. "O que você está dizendo?"

"Que há outros que ainda podem intervir."

"Que outros? A maioria não visita o mundo deles e não tem interesse neles."

"Consigo pensar em alguns que fariam isso."

"Doutor, Doutor", canta tia Jadine, "você pode curar a minha dor de amor?"

A cabeça da tia Ondine gira. Os lábios dela se abrem e vejo vislumbres dos dentes afiados de raposa. "Não! Eles não. Não há amor neles. Sanguessugas! Coisas mortas, insensíveis com corações frios e ressecados buscando sustento na miséria!"

Tia Jadine encolhe os ombros. "Não posso culpar um monstro por fazer o que faz."

"Eles são amorais, caóticos!", tia Ondine insiste. "Não se importam com a nossa guerra!"

"Pode ser", tia Margaret acena com a cabeça, "mas eles podem achar o inimigo... saboroso?"

Tia Jadine sorri amplamente. Sim, definitivamente dentes de raposa.

O rosto da tia Ondine fica pensativo, olhando para mim. "Minhas irmãs acreditam que pode haver outros que se aliariam a você contra o inimigo. Você teria que convencer a eles. Mas esteja avisada. Eles são perigosos. E vão cobrar um preço."

Com o que tenho em mãos, qual seria o peso de mais uma dívida?

"Quem são eles?"

"Os seus nomes verdadeiros estão perdidos", diz tia Ondine. "Mas eles já estiveram no seu mundo antes." Ela levanta a mão, torcendo os dedos como se estivesse escrevendo no ar. "Ali. Você encontrará o que precisa no seu livro."

Meu livro? Como...? Coloquei a mão no bolso de trás. Meu livro realmente está ali. Pego e folheio as páginas, me perguntando se elas querem que eu encontre histórias do ladrão de ar Boo Hag ou da pobre Big Liz, a escravizada sem cabeça. Mas então eu paro. Há uma história que não existia antes.

Franzo a testa com o título. "O que são esses *Doutores Noturnos*?"

"Novos jogadores no tabuleiro", murmura tia Ondine, batendo no próprio queixo com o indicador.

"Jugadô, jugadô", tia Jadine cantarola diabolicamente, um pedaço da língua dela aparece entre os dentes de raposa.

• • •

O rosto de Nana Jean se contorce ao ouvir sobre o meu encontro com as tias. Ela não diz nada, apenas se senta na cadeira e encara o nada. É a Chef quem canta.

> *Doutores Noturnos, Doutores Noturnos,*
> *Passando por baixo da sua porta.*
> *Roubaram a língua e olhos dum preto*
> *Logo tavam de volta.*

> *Doutores Noturnos, Doutores Noturnos,*
> *Te querem aqui ou no além.*
> *Cortaram mão e pé dum preto,*
> *Pegaram a cabeça também.*

> *Doutores Noturnos, Doutores Noturnos,*
> *Te arrastam pelas trilhas brancas.*
> *Cortaram uma criança preta no meio,*
> *Mostram a ela as próprias entranhas.*

> *Doutores Noturnos, Doutores Noturnos,*
> *Você pode chorar e esquecer.*
> *Mas eles não vão parar,*
> *Até terminar de dissecar você.*

Quando ela termina, a casa da fazenda está silenciosa. O vento assovia entre as garrafas que estão nas árvores do lado de fora, os demônios presos riem maldosamente ou gemem de medo. Os Cantadores começam a me olhar como se eu fosse John, o Conquistador, fugindo com a filha do Diabo.

"Quem são esses Doutores Noturnos?", Emma pergunta, procurando respostas.

Do outro lado da mesa, a Chef se inclina para trás com uma carta coringa entre os dedos. "Histórias. Ouvi isso de um cara da minha unidade, nascido pros lados de Virgínia. Ele falou de uma conversa do seu bisavô que vem desde os tempos da escravidão. Os Doutores Noturnos eram demônios altos e vestidos de branco que roubavam escravos e faziam experiências com eles. Mas nada disso é real. Eram apenas velhos senhores de engenho andando por aí assustando os escravizados à noite. Ouvi dizer que essas conversas surgiram porque eles costumavam vender os corpos dos escravizados mortos para que os alunos das faculdades de medicina dissecassem."

Emma engasga. "Isso é horrível!"

A Chef encolhe os ombros. "É sim, mas como eu disse: são apenas velhas histórias. Não existem Doutores Noturnos. Eles não são reais." Os olhos dela se voltam para mim, depois para Nana Jean. "Eles não são reais, certo?"

A mulher gullah retorce os lábios. "Doutores Noturnos não ser história. É causo real." O olhar castanho-avelã dela me perfura. "Cê vai praquele canto ruim hoje?"

Eu assinto. "Precisamos de toda a ajuda que conseguirmos. E eu não tô pedindo permissão." Tento soar desafiadora, mas me sinto mais como uma garotinha atrevida.

"As mulher demônio indicou caminho?"

Pego meu livro de contos populares. "Tudo que eu preciso tá aqui."

"Aquela espada?"

"Quebrou mesmo", é tudo que consigo dizer.

A velha nunca gostou dessa arma, mas a preocupação no rosto dela diz que também não gosta que eu saia sem ela. Ainda assim, ela dá um aceno com a cabeça, não uma permissão, mas pelo menos uma compreensão. Não percebo o quanto eu queria isso, até ela fazer.

"Ficar atenta", ela sussurra devagar. "Esse lugar ruim é diferente. Se você não cuidar, já foi. Promete voltar bem?".

"Tão bem quanto eu puder", eu digo, lembrando a mim mesma que eu não faço promessas.

NOTA 25:

O Cântico Adão e Eva *fala sobre os dois ouvindo aquela cobra malvada e comendo o fruto da árvore proibida. Quando Deus os chama, Adão não responde. Então, Ele chama Eva. Ela fala que Adão, agora que conhece a vergonha, andava pegando folhas para esconder a nudez. Quando fazemos esse Cântico, andamos por aí fingindo colher folhas como Adão, nos escondendo do Senhor. Claro que estamos brincando com isso, mas também é um aviso para lembrarmos de não nos misturarmos com cobras velhas e malvadas.*

— Entrevista com a sra. Susyanna "Susy" Woodberry, 66 anos, transliterado do gullah por EK. —

FORÇA

P. DJÈLÍ CLARK

RING SHOUT

GRITO DE LIBERDADE

7

Quando eu parto, ainda faltam algumas horas até o amanhecer. A Chef queria vir também, mas tia Ondine e as outras deixaram claro que eu preciso fazer isso sozinha. É a história que elas escreveram no meu livro, lá diz que eu tenho que ir até a floresta e encontrar um tal de Carvalho de Anjo Morto. Seja lá o que for isso.

Não há muitos bosques em Macon. A maioria foi desmatada para plantarem algodão, mas Nana Jean disse que me ajudaria. Falou para eu ir pelos celeiros da Molly. Sigo esse caminho, e o chão sob meus pés parece que vai se transformando. E, antes que eu perceba, estou em um bosque familiar: já estive aqui. Essas são as árvores mais estranhas que vi na vida, com garrafas azuis em vez de folhas crescendo nos galhos. Quando presto atenção nelas, vejo os demônios presos. Quando éramos pequenos, meu irmão me mostrou como pegar vaga-lumes em potes. Isso é o que esses demônios me lembram, brilhando sem parar.

Abro caminho por esta floresta insólita, tocando a casca áspera das árvores e me perguntando se tudo isto é real. Na minha cabeça, recito a história que tia Ondine escreveu no meu livro: *Para encontrar o*

Carvalho de Anjo Morto é preciso querer. Muito. Começo a pensar em todas as razões pelas quais estou atrás disso. Essa Grande Ciclope que temos que impedir. O Açougueiro Clyde e os Klus. Resgatar Michael George. A oferta que tia Jadine me vê aceitando, traindo a todos. Principalmente, penso em Sadie. Me lembro da luz dos olhos dela se apagando como a chama de uma vela ao ser soprada. Isso desperta uma raiva em mim como a de um animal cavando uma parede para se libertar.

É quando eu pisco, na tentativa afastar as lágrimas, que a árvore de Carvalho de Anjo Morto aparece. E eu quero dizer aparece, porque em um momento ela não existe e no próximo, sim.

Quem quer que tenha nomeado isso, foi cirúrgico. A árvore é branca como um osso, brilhando contra a noite escurecida. Longos galhos enroscados crescem do tronco grosso, se dirigindo para todos os lados, como as pernas retorcidas de uma aranha — algumas para cima, outras para os lados, e algumas varrendo o solo. Não há folhas nesses galhos, mas ossos: crânios, costelas, chifres, fêmures, todos os tipos, de diferentes animais, pendurados e balançando na brisa noturna.

Tenho que forçar meus pés para conseguir continuar. Caminhando entre os galhos, sinto que eles podem me agarrar a qualquer momento. Quando chego ao tronco, puxo a faca alemã da Chef: a única arma que trouxe. Finco com força na madeira branca, e uma seiva espessa com a cor e o cheiro de sangue escorre da árvore. Minha mandíbula e meu estômago estremecem, eu esfaqueio de novo, e mais uma vez, e a madeira respinga em mim uma espécie de carne macia. Quando consigo fazer um bom buraco, uso as mãos para abrir ainda mais. Parece um músculo vivo, em movimento e pulsando. Tentando me manter firme, coloco meu braço, ombro, forço o buraco a se expandir até que meu corpo possa entrar, e finalmente consigo colocar minha perna pra dentro também. Suspiro e a árvore me segura, depois me dá um forte puxão, me sugando pela metade. Eu luto, em pânico, mas a árvore me puxa de novo. Uma, duas vezes, me engolindo.

Caio. Despencando na escuridão completa até pousar em algo duro; a minha bochecha chega primeiro. Eu tusso, cuspindo pedaços de algo que não quero imaginar, com um gosto metálico revestindo a língua e um cheiro de açougue no nariz. Minhas roupas e cabelos estão ensopados e grudados na minha pele como se eu estivesse nadando em um rio de tripas. Quase escorrego na flacidez embaixo dos meus sapatos antes de me levantar e olhar em volta.

Claro, não é o lugar da alegria do Coelho Bruh, sussurra o meu irmão.

Fico parada em um corredor vazio e tão branco que parece desbotado. Ele se estende para além de onde posso ver. Percebo os acessos a outros corredores e me pergunto se eles também são intermináveis. Há um silêncio anormal e tudo que consigo ouvir é a minha própria respiração. Viro, percebo que tem uma parede atrás de mim, com um corte sangrento nela, como uma ferida. É o buraco que abri neste mundo.

"Viajar aqui pela primeira vez pode ser chocante", uma voz corta o silêncio.

Eu giro de volta e encontro um homem negro, parado na minha frente. Ele é alto, veste um terno impecavelmente branco, até mesmo os sapatos dele são brancos. Ele usa um chapéu-coco, puxado para baixo, e o mais estranho: uma venda branca sobre os olhos. Mas ele me encara como se me visse nitidamente.

"Você fez uma bagunça", ele pontua, acenando com os dedos cobertos por uma luva branca em direção aos meus pés. Ele tem um jeito elegante de falar e a sua voz nunca passa de um sussurro.

Olho para baixo, notando os meus passos ensanguentados e volto o olhar para o homem. Ele espera que eu limpe isso?

"Bagunças atraem o bicho", ele explica.

A cabeça dele se inclina para cima e meus olhos seguem. Há algo no teto, tão branco e incolor que quase se mistura com a parede. O corpo daquela... coisa é unido sob uma cobertura de armadura óssea. Mais membros do que posso contar se estendem em suas extremidades, e antenas mais longas do que meus braços se contorcem em uma cabeça arredondada. Uma centopeia, é o que me vem à mente. Larga como um automóvel e longa como... bem, não sei dizer, porque o resto dela desaparece pelo corredor. Só posso dizer que é longa pra *cacete*.

Tudo em mim protesta para correr e me afastar dessa coisa! Mas antes que eu possa deixar escapar um bom palavrão, o homem está perto de mim. Não me lembro dele ter se movido, mas agora sinto algo frio e afiado pressionado sob meu queixo.

"Shhh", ele sussurra, com um dedo longo nos lábios. "O bicho é um carniceiro, destinado a manter este salão estéril. Ele vai te limpar, como qualquer outra impureza."

Enquanto ele fala, a coisa monstruosa começa a rastejar pela parede, quase não se destacando. Fico tensa quando as antenas dela se contraem em torno de mim, seguidas pelas mandíbulas, que trabalham como máquinas em um rosto sem olhos. Os membros dela se estendem, cada um terminando em mãos humanas com dedos finos. Eles deslizam ao longo das minhas pernas, costas, braços, me tateando. Quase recuo, mas o homem pressiona a coisa afiada no meu queixo com mais força, me forçando a ficar na ponta dos pés.

É uma benção quando a criatura começa a se afastar, com as cristas blindadas das costas se despregando da minha coxa e a coisa afiada é puxada para longe. Meus olhos seguem uma faca de prata, como uma das lâminas de dissecação de Molly.

"O bicho misturou o seu cheiro com o meu", diz o homem. "Isso vai te deixar em paz, por enquanto."

Eu me viro e vejo a centopeia fechando o corte na parede. Onde as mandíbulas tocam, o sangue desaparece e a ferida se cura. Volto o olhar ao homem.

"Você é um deles? Um Doutor Noturno?"

"Quando você colocar os olhos nos senhores deste reino, não precisará perguntar."

Ele se vira, pronto para me dispensar.

"Então você é o dr. Antoine Bisset?"

Ao ouvir o nome, ele fica quieto. Prossigo, contando a história escrita em meu livro.

"Antoine Bisset. Um médico negro, procurando os Doutores Noturnos nas velhas histórias dos escravizados. Você descobriu que eram reais e foi procurar o Carvalho do Anjo Morto. Isso foi em 1937, na Carolina do Norte. Eu vim de Macon, Geórgia, em 1922. Aqueles que me enviaram, que me falaram sobre você, dizem que o tempo não importa aqui. Seu amanhã pode nem ser o meu. Mas afirmam que você veio aqui procurando algo, pra entender um segredo."

Ele se vira para mim, primeiro a cabeça, depois o corpo, como se tentasse se lembrar de algo. "E o que a sua história diz que vim buscar?"

"Ódio", eu digo. "Você veio com o intuito de entender o ódio."

Ele me encara por trás da venda antes de falar. "Você conhece a abandonada prática do humoralismo, transmitida pelos hamitas do Egito aos gregos e romanos? Ela afirmava que cada um dos fluidos corporais do homem governava um princípio: sangue pra vida; bile amarela é a sede de agressão; bile preta, as causas da melancolia; fleuma pra apatia. Eu acredito que um humor corporal ainda não foi explicado. O que os homens chamam de ódio. Eu e você já vimos bastante; não dá pra ignorar a existência dele."

"E você achou? Essa fonte do ódio?"

"Eu cacei até as entranhas dos homens. Trouxe espécimes e os meus senhores fizeram banquetes. Apresentei esta iguaria a eles. Ainda assim, a fonte me escapa."

"E se eu pudesse trazer ódio pra você? Não de pessoas, mas de... seres... como os seus senhores. Coisas que carregam o ódio puro no sangue. Que vivem e prosperam com isso."

Ele está na minha frente como um borrão. Sem a faca agora, mas o olhar vendado parece tão afiado quanto, me cortando, me descascando em camadas a fim de inspecionar o que existe por baixo. "Por que você viria aqui pra me presentear desse jeito?"

"Porque preciso da sua ajuda." Conto a ele sobre os Klus. Sobre o Açougueiro Clyde. "Eu preciso que você convença os seus senhores a nos ajudar na luta contra eles", eu encerro dizendo.

"Você se engana se acredita que eu tenho domínio sobre eles."

"Mas você pode prometer um banquete dessa iguaria. Aposto que eles se deliciariam."

Ele demora um pouco e pergunta: "O que você vai dar a eles em troca?".

Minhas sobrancelhas se levantam. "Oferecer uma bela refeição não é o bastante?"

Ele sorri, mostrando os dentes brancos. "Você sabe por que os senhores deste lugar pegaram os escravizados? Porque, pra eles, a miséria fascina. A lágrima, a dor. E quem viu mais sofrimento do que as pessoas escravizadas? Mas vim aqui de boa vontade, como você. Então escolhi ter a chance de pagar o preço pelo que eu buscava." Ele agarra a minha mão rapidamente e pressiona contra o peito dele. Não há calor lá. Sem respiração ou batimento cardíaco. Só o... vazio. Como se tivesse sido cavado por dentro, como uma cabaça. "O preço que paguei. Você também terá que pagar um."

Puxo minha mão de volta, lembrando do aviso da tia Ondine, mas aceno. "Sim, eu..."

De repente, algo me empurra. Eu caio e bato a cabeça no chão. Vejo estrelas, percebo que estou em movimento. Alguém me segura e me arrasta pelos pés. Viro minha cabeça em pânico, pensando que encontrarei de novo a coisa-centopeia, mas é um monstro diferente.

Eles se parecem com homens. Não, gigantes. Há dois deles com longas túnicas brancas. Um deles me segura com sua mão de seis dedos, com uma pele fina e pálida esticada sobre os ossos. Lembro da faca da Chef na minha cintura, tateio e pego. Tento cortar essa mão enorme, mas não faz nem um arranhão. Porém, o que está me segurando vira a cabeça no pescoço esguio, e sei que lutar seria em vão. Sem dúvida, eles são os Doutores Noturnos.

O rosto que olha para mim é incolor e vazio, sem olhos ou nariz, nem mesmo boca. Apenas uma pele enrugada em uma cabeça comprida. Um conjunto de vozes surge em meus ouvidos, sussurrando como lâminas de faca deslizando. Eu fico rígida, meu corpo preso em cordas que não posso ver, enquanto sou içada e colocada em cima de um bloco plano de pedra. Sobre mim estão os dois Doutores Noturnos, olhando com os rostos vazios. Só consigo mover os olhos, e afasto o olhar o quanto posso, como um animal assustado preso em uma armadilha.

O Dr. Bisset entra no meu campo de visão, ele se torna pequeno ao lado desses gigantes. "Como você veio aqui por sua própria vontade, meus senhores ouvirão o que tem a oferecer." Ele se inclina para mais perto. "Mas não posso garantir a sua saída."

Tento abrir a boca para falar, mas descubro que ela ainda está fechada.

"Não há necessidade. Meus senhores têm suas próprias maneiras de entender."

O coral de sussurros retorna. Não consigo mais mover os olhos ou mesmo piscar. Fico olhando para um outro bloco de pedra descendo na minha direção. Há coisas de prata acopladas nele, como tesouras, facas, agulhas e ganchos. Esses objetos se parecem com as coisas do laboratório de Molly. É como a mesa de dissecação.

Quando o primeiro corte abre a minha barriga, só consigo pensar em gritar, caso pudesse. Uma dor como nada que eu já senti antes. Parece que a única coisa possível neste mundo é sofrimento. As mãos de seis dedos me abrem como se limpassem frango. Um deles enfia a mão lá dentro, tirando algo que acho ser meu fígado. Ele passa o órgão ensanguentado para o outro, esfregam os dedos no fígado, inspecionando. Em meio a minha agonia, posso ouvir o dr. Bisset falando.

"Meus senhores foram os primeiros praticantes da hepatoscopia, que ensinaram aos babilônios e às sacerdotisas de Saturno a leitura dos mistérios das entranhas. E é aqui que mantemos nossos segredos ocultos."

Na minha cabeça, memórias piscam: vejo uma multidão caçando pessoas negras em Elaine, no Arkansas; Klus devastando Greenwood, em Tulsa; O rosto de Sadie imóvel. Minha miséria, minha dor, servida a esses monstros em um prato. Eles leem tudo como uma bruxa examinando um gambá destripado. Eles cortam, tiram, puxando da minha bexiga as cordas brilhantes dos intestinos. Até que começo a gritar, mesmo com minha boca fechada, coloco para fora toda a miséria que vejo. De alguma forma, eu posso me ouvir ecoando pelos corredores brancos até que a escuridão me puxe.

Quando abro os olhos, estou na minha casa, olhando para porta pendurada nas dobradiças. Inteira e limpa, sem o sangue da árvore me cobrindo. Mas é noite. Uma noite eterna.

"Que interessante", uma voz vem.

Eu pulo e me viro de encontro ao dr. Bisset.

"O que cê tá fazendo aqui?"

"Observando."

"Isto é na minha cabeça? Ou é real?"

Ele olha para mim por trás da venda. "Faria diferença?"

Ele anda tanto com demônios que sussurra como se fosse um.

"*Eles* me mandaram pra cá?"

"Há algo aqui que meus senhores não podem ver. Algo que você mantém profundamente escondido. Eles acharam intrigante. É algo raro." Ele entra na casa, me forçando a seguir o caminho, e vai direto para escotilha. Eu me apresso e agarro o braço dele.

"Não! Aí não."

Mas ele se desvencilha, escorregadio como um peixe, e abre a porta secreta. Ele inclina a cabeça, curioso com a garota, antes de estender a mão para ela. Fico surpresa quando ela aceita a oferta. Ela sai do buraco de uma forma que nunca fez comigo. Há algo nas mãos dela; o cabo de prata da minha espada com um pedaço preto e irregular de lâmina. Também está quebrada aqui.

O dr. Bisset se ajoelha. "Você está aqui há muito tempo?"

A garota acena com a cabeça. "É onde ela me mantém."

"Eu não te mantenho em lugar nenhum!", respondo, borbulhando de raiva.

Ela olha pra mim e o medo nos olhos redondos me faz recuar.

"Por que você fica aí embaixo?", dr. Bisset pergunta.

"Pra me esconder dos monstros. Os que vieram me procurar."

"Isso foi há sete anos!", eu grito.

O dr. Bisset fita nós duas e, rapidamente, o que quer que ele tenha embaixo da venda junta dois mais dois. "Sete anos... Você deveria ser um pouco mais velha", ele diz à garota.

"Ela me mantém assim. Acho que é mais fácil me imaginar pequena."

"Certo, vamos acabar com todas essas ilusões." O dr. Bisset acena com a mão enluvada e a garota se transforma. Ela ainda está com uma camisola, mas agora tem 18 anos. E ela se parece mais comigo. Não é bem a mulher de agora, com 25 anos, mas não há como negar quem ela vai se tornar.

"Certo", ele diz, alternando o olhar entre nós. "Agora, me contem sobre os monstros."

Quando eu não falo, ela fala.

"Eles vieram de noite, enquanto a gente dormia. Homens usando lençóis e capuzes brancos. Papai com a espingarda em mãos abriu a porta e eles começaram a discutir. Meu irmão disse que eles pareciam fantasmas, mas eu podia ver eles de verdade: não eram homens, mas monstros. Tentei contar à mamãe, mas o meu irmão me colocou na escotilha."

Eu fecho os olhos, lembrando do resto. O som de balas passando por papai e pela porta. Os Klus esbravejando acima de mim. Os gritos da mamãe. O choro do meu irmão. Eu no buraco, tremendo de medo. Foi quando a espada apareceu pela primeira vez. Ainda me lembro da frieza nas mãos, as visões na cabeça. A arma zumbia de ansiedade, desejando que eu subisse lá pra lutar contra os Klus. Mas eu estava com tanto medo...

"...era como se eu não pudesse me mover", diz a garota, completando os meus pensamentos. "Como se algo tivesse se apoderado de mim. Eu apenas fiquei lá no escuro, esperando que acabasse. Fiquei ali durante quase dois dias inteiros. Quando eu enfim saí, todo mundo tinha ido embora. Então eu fui procurar..."

"Não!" Meu coração bate forte. "Não abra isso pra eles!"

O dr. Bisset sequer se vira para mim. "Onde você foi procurar?"

O meu eu mais jovem olha direto nos meus olhos, e nos trai: "No celeiro".

"Me leve lá." Fico parada e ele suspira. "Isso não foi um pedido." O doutor agarra o meu braço e o mundo se transforma como se eu me movesse sem andar. Quando paro, estamos nos fundos da casa. Na frente do celeiro, onde a porta está ligeiramente aberta. Já é de manhã, porque foi quando eu vim aqui.

"Por que cê quer ver isso?", eu questiono.

"Como eu disse, os meus senhores desejam esse segredo que você esconde deles, esse segredo que você se esforça pra manter nas trevas."

"Quando eles pediram pra ver a sua miséria, você mostrou a eles?", eu rebato.

Ele se vira para mim, movendo a mão e levantando a venda. Eu prendo a respiração. Onde os olhos deveriam estar, há buracos vazios, em carne viva e ensanguentados. Como se eles tivessem sido... arrancados.

"Meus senhores desejavam ver a miséria que testemunhei com a minha própria carne. Eles pediram e eu me rendi de bom grado. Considere a sua intrusão... agradável."

Ele caminha até a porta do celeiro, abre e entra. Fico ali, respirando rápido e forte, com a sensação de que vou me afogar. Dedos delgados se entrelaçam nos meus e eu olho na direção do meu eu mais jovem. O medo no rosto dela se foi, porque agora eu sei que tudo está dentro de mim.

"Podemos fazer isso juntas", ela diz. Então me entrega a espada quebrada. "Mais sua do que minha. Basta lembrar o que eu te disse: eles gostam dos lugares que nos machucam. Eles usam isso contra a gente." Com um puxão suave, ela me leva até a porta do celeiro, forçando os meus pés a andarem.

Quando entro, fico sozinha. O que quer que ela fosse — um fantasma que deixei para trás, algum truque na minha cabeça — não está mais aqui. É através dos meus olhos que eu revivo aquela fria manhã de dezembro, sete anos atrás, quando entrei e me deparei com uma visão terrível. Três corpos. Minha família. Todos enforcados nas vigas do celeiro por cordas. Eles balançam ao sol da manhã, os pés parecendo dançar ao ar livre. Algo me agarra por dentro, e eu caio de joelhos, me dobro, revivendo o horror e a culpa.

"Quanta dor." O dr. Bisset está ajoelhado ao meu lado. "Tristeza pelo que você perdeu. Vergonha pelo que você não pôde fazer. E raiva, tanta raiva." Os olhos vazios me leem, perfurando as fendas mais profundas. "Você usou essa raiva, fugiu da família e dos amigos, depois foi buscar sua vingança para gravar sua própria história em sangue."

Mordo os lábios ao lembrar. Depois disso, eu fiquei com a família da minha mãe. O tempo todo, a espada comigo, cantando seus segredos, ensinando seus ritmos mortais. Quando me senti pronta, saí em busca dos Klus. O primeiro que matei, derramei muito da raiva que contive. Cortei ele em pedaços. Mas não foi o suficiente. Eu tinha mais dor e raiva para liberar. Passei dois anos vagando, matando Klus. Não sei se eu ainda era totalmente humana. Me tornei apenas vingança e matança. Então eu era uma caçadora de monstros. Até que, em algum lugar na floresta do Tennessee, caindo em um inferno de sangue e carnificina,

Nana Jean me tirou daquele buraco. Me tornou humana novamente. Mas eu enterrei essa ferida profunda na forma de uma menina presa em uma escotilha, enterrei ali também todos os horrores que ela havia visto.

"Sinto muito", eu sussurro. Para ela, para mim mesma.

"Meus senhores acham sua miséria... deliciosa", diz o dr. Bisset. "Você é um gosto raro."

Meus olhos rolam até encontrar as órbitas vazias dele. Uma raiva nova surge dentro de mim. Esta é a minha dor. Minha cicatriz para carregar. Não é para eles festejarem e sugarem até secar como o tutano de um osso. Eu não aguento mais esses monstros, devorando pedaços de mim, tentando acabar completamente comigo.

"Eu caço monstros", digo a ele entre os dentes cerrados.

Não sei quando que estendi a minha mão e invoquei a espada. Sinto os pedaços quebrados da espada se mexerem, visões novas girando na minha cabeça. Mais visões do que já fui capaz de ver de uma vez só, indo e vindo em um borrão. Então vem a música. A bela canção vingativa. Ela soa mais forte também: centenas de vozes em harmonia. Eles puxam aqueles senhores de engenho, reis e vendedores de pessoas pra gritar e acordar os deuses adormecidos. Eu olho para baixo e vejo a lâmina dentada coberta de fumaça escura, crescendo sem parar e assumindo a forma familiar de uma folha, se unindo, fazendo com que o metal escuro seja refeito e consertado por completo. É quando percebo que, em meio às muitas visões que vieram, a garota realmente se foi. Não há mais olhos assustados. Não há mais medo de cair. A ferida que fiz nela ainda existe, mas não pulsa com a intensidade de antes. Ela também está se curando, mesmo que nunca cicatrize por completo.

O dr. Bisset mira a espada. E aqueles olhos vazios de alguma forma carregam consigo uma expressão de surpresa.

"Como...?", ele começa, mas eu o interrompo.

"Este é o meu lugar. Minha dor. Você não tem direito aqui! Seus senhores gostam tanto de miséria? Vou mostrar a eles!", a lâmina-folha preta explode em um brilho, enquanto a música se torna ensurdecedora. A luz queima tudo, cega tudo.

Quando volto a enxergar, me vejo na sala de dissecação. Há um novo som na minha cabeça: gritos de uma dúzia de vozes.

Demais! Incrível! Muito bom!

Os Doutores Noturnos. Eles se curvam com as mãos na cabeça como se estivessem tentando bloquear algo. O poder deles sobre mim parece ter sido quebrado; posso me mexer e andar. Minha camisa está aberta, permitindo que eu veja minha barriga. Tudo no lugar. O único sinal de que as minhas entranhas foram arrancadas é a minúscula cicatriz que sinto com um dedo. Na minha outra mão tem algo ainda mais incrível: a espada!

Inteira e tão resplandecente quanto um sonho. A lâmina zumbe, vibrando enquanto as almas atraídas por ela cantam sobre as próprias vidas. Esses Doutores Noturnos, que arrebatavam escravizados sozinhos ou em grupo, sentem mais miséria e dor com essas canções do que jamais imaginariam ser capaz de existir. E é demais para eles. Tenho um certo prazer ao ver que se contorcem em agonia.

Então, o dr. Bisset aparece na minha frente. "Chega", ele sibila.

De repente, sou levantada da mesa de dissecação e me movo da mesma maneira estranha que ele pelos corredores. Quando paramos, minhas costas batem contra a parede, aquela pela qual fiz a travessia.

"Sua visita aqui já se estendeu demais", ele diz. "Hora de voltar".

"E quanto a seus senhores? Eles vão ajudar?"

"Você tem sorte de ainda viver depois do que fez."

"Fizemos uma barganha! Você prometeu falar com eles pra mim!"

Ele se inclina pra frente e olha pela venda branca que colocou de novo.

"Se eu fosse você, pegaria o que ganhou daqui e nunca mais voltaria."

A mão dele me dá um forte empurrão, eu caio, passando pela escuridão, macia e carnuda, até sucumbir no chão de terra. Eu me levanto pra ver que estou atrás da fazenda da Nana Jean. A floresta com árvores gigantescas se foi. E, diante de mim, vejo o Carvalho do Anjo Morto desaparecer. Depois que ela se vai, deito no chão para olhar o céu noturno, segurando a espada remendada contra o meu peito.

P. DJÈLÍ CLARK

RING SHOUT

GRITO DE LIBERDADE

8

Chove na noite de domingo em que subimos a Stone Mountain.

Não é uma chuva presbiteriana. Estou falando de um aguaceiro batista estrondoso que faz tudo tremer.

Somos um bando estranho. Eu e a Chef. Emma e três "camaradas" dela, incluindo dois caras sombrios que ela diz que são sicilianos. As aprendizes de Molly, Sethe e Sarah, com chapéus de aba larga e rifles nos ombros. Nana Jean também está aqui com o Tio Will e os Cantadores. Eu digo para mulher gullah que este não é um lugar para gente velha, mas ela disse que eles estão planejando fazer uma grande magia ancestral. E quando ela toma uma decisão, já era.

E não é fácil de chegar lá. Stone Mountain merece o nome: é como uma cúpula cinza que toca o céu. A base dela é cercado por árvores e arbustos, mas o topo é rocha pura e a trilha que a gente segue é um caos de água e sedimentos. As lanternas ajudam, mas mesmo assim é difícil. Troquei os meus sapatos por botas e polainas. Visto uma calça verde-musgo, camisa escura e um poncho azul-marinho feito por Molly com um pano emborrachado e impermeável. Nana Jean sentiu que a chuva estava chegando e nos mandou fazer as malas da maneira adequada. Parece que a sua premonição foi mais literal do que eu pensava. Ainda invejo a roupa de soldado da Chef. Sem falar no chapéu dela, por onde a água escorre. Eu puxo o meu próprio boné marrom e aperto bem para me proteger um pouco. Torna mais difícil de ver as coisas, mas pelo menos mantém a chuva fora do meu rosto.

Cerca de meia hora atrás, nós nos encontramos com outros grupos que atenderam ao nosso chamado. A maioria da vizinha Atlanta, soldados fáceis de identificar, com capas de chuva e rifles com baionetas de prata. Os grupos menores vêm de Marietta e Athens. Mesmo assim, apenas uns trinta de nós são capazes de lutar. O que não é muito.

Eu me pergunto se o dr. Bisset vai cumprir o nosso acordo. Quando me lembro do rosto dele quando me expulsou daquele mundo, começo a duvidar disso. Memórias das minhas entranhas sendo arrancadas levam a minha mão ao estômago. Isso foi há apenas uma noite? Durante as seis horas de viagem de Macon para cá, fiz revezamentos com a Chef, mas quando dormi tive sonhos intermitentes, cheios de coisas que gostaria de esquecer. Agora uma dor surda pesa em meus membros e não tenho certeza do que me faz continuar adiante. Talvez a raiva.

Às vezes, esqueço e dou uma olhada para verificar se Sadie está do nosso lado. Eu imagino as reclamações que ela faria sobre esta chuva. Ou as bobagens que ela estaria falando — alguma história dos tabloides, provavelmente. Parece que os Klus eliminaram a existência dela do mundo, deixando só um buraco onde ela deveria habitar. Agora eles têm Michael George. Tudo começou a arder em mim tão forte que a chuva poderia chiar na minha pele.

As árvores começam a ficar esparsas, deixando apenas rochas úmidas e íngremes à frente. Isso finalmente convence Nana Jean a parar. Ela, tio Will e os Cantadores, decidem descansar e se juntar a nós mais tarde. As chances disso são quase nulas, mas por mim tudo bem. Ela nos abençoa antes de partirmos. Eles ficam debaixo de algumas árvores e nós seguimos caminho até o topo da montanha.

Escorregadia é uma palavra que passa longe de descrever esta escalada. A rocha nua e lisa sob meus pés faz com que eu lute para manter o equilíbrio. À medida que nos aproximamos, vemos uma luz refletindo no céu e ouvimos o barulho de alguém falando. Quando chegamos perto do topo, o som fica mais alto, estridente. A voz de um homem explode noite adentro, competindo com a chuva. E a raiva em mim ferve ao reconhecer quem falava. Juntamos todos em um último pedaço de arbustos e árvores, permitindo que recuperem o fôlego, enquanto eu e a Chef avançamos para ver o que está acontecendo.

A visão que nos saúda surge de um pesadelo. Um amplo trecho de pedra cinza entupido de Klans. Nunca vi tantos. Devem ser centenas. Eles ficam em fileiras, parecendo despreocupados com as suas vestes ficando encharcadas e coladas na pele. Os capuzes estão puxados para trás e os olhos arregalados estão fixos para frente, em direção de um filme em exibição na Stone Mountain.

O Nascimento de uma Nação.

Eu perguntei a Molly como eles conseguem exibir um filme do lado de fora. Ela disse que eles só precisavam de um projetor que gerasse a própria energia e algo para rebater a imagem. Parece que eles construíram uma tela para isso. A coisa deve ter mais de quatro metros de altura e o dobro da largura. Não sei onde está o projetor, mas ele transmite imagens em movimento gigantescas. Na parte inferior da tela, uma plataforma de madeira foi construída. Em cima dela, homens e mulheres com os braços amarrados e sacos sobre a cabeça. Meu coração quase para ao ver aquelas peles negras na luz que sai da tela. Um deles tem que ser Michael George.

Uma cruz gigante de madeira está apoiada no chão de pedra. E, parado ao lado dela, sob a plataforma, um homem. De longe, não consigo ver o rosto dele. Mas é largo e grande, reconhecível o suficiente com as vestes da Klan. Além disso, é a voz dele que estamos ouvindo.

"Açougueiro Clyde", eu cuspo.

A Chef acena com a cabeça. "É ele. Falando todo tipo de bobagem."

Sim, é ele. Este filme devia ter a trilha sonora de uma orquestra. Em vez disso, tem o Açougueiro Clyde com sua voz ecoando através da chuva, falando sobre a raça branca e coisas do tipo. A multidão está hipnotizada, ouvindo cada palavra sua com os olhos grudados na grande tela.

"Deve ter membros da Klan de todo canto aqui", Chef murmura.

"E Klus."

Mesmo com essa chuva torrencial, eles não são difíceis de detectar pelos rostos que mudam e destorcem o tempo todo. Alguns espalhados entre as pessoas. Outros, em longas filas, segurando tochas de fogo que estranhamente não são apagadas pela chuva.

"Tantos em um só lugar", diz a Chef. "É como em Tulsa."

É como em Tulsa. Todos aqui para ver o deus deles nascer.

A Grande Ciclope está chegando. E quando ela chegar, o seu mundo acabará.

"Você também acha que tem algo errado com esse pessoal?", Chef pergunta. "Com aqueles que não são transformados?"

"Cê quer dizer outra coisa além de ficar no topo de uma montanha durante uma tempestade?"

"Os rostos deles. Não parecem normais."

Difícil de ver com a chuva, mas eu levanto o boné e aperto os olhos, vislumbrando os rostos afundados na luz da tela do cinema. Tem realmente algo de errado com esses membros da Klan, mas diferente dos Klus também. Mas não sei dizer o que é ou o que significa.

"Não temos números para enfrentar tudo isso", diz a Chef.

Eu olho para ela. Não há medo no rosto da Chef; ela já viu demais para temer algo. Mas há um semblante de derrota. Ela vai entrar de cabeça no combate, assim como Emma, as aprendizes de Molly e todo aquele pessoal da resistência que lideramos. Cada um sabe que não verá o nascer do sol. Só que se eu puder evitar, não vou deixar isso acontecer.

"Eu vou lá."

O rosto da Chef se deforma. "Como é?"

"Açougueiro Clyde. Você ouviu o que ele disse ontem à noite. Ele me convidou aqui."

"Porque é uma armadilha. Cem Klus furiosos virão pra cima da gente ao te verem!"

Eu balancei a minha cabeça. "Ele quer algo de mim. Tem desejado isso."

"O que diabos ele quer de você?"

"Fazer uma oferta."

A Chef me encara como se eu tivesse perdido a cabeça. Não contei a ela ou a Nana Jean sobre isso, mas agora eu respiro e falo tudo. Ela escuta em silêncio e, quando termino, leva um momento antes de ela dizer: "O diabo não seria o diabo se ele não soubesse como tentar. Você sabe qual a oferta?".

Eu estive pensando nisso. Sobre como o Açougueiro Clyde deslizou dentro da minha cabeça pela primeira vez: através dessa memória que eu mantive trancada tão profundamente.

Eu aceno devagar pra Chef. "Acho que sim."

"Então você provavelmente já fez a sua escolha."

De repente, há um grande sopro de vento inflamado. A cruz gigante começa a pegar fogo. Assim como as tochas, aquele incêndio parece intocado pela chuva, transformando a madeira em um farol flamejante do inferno contra a noite escura. Eu me viro para Chef, percebendo o brilho nos olhos dela.

"Eu tenho que ir agora. Talvez eu possa parar isso."

"Ou morrer."

"Pode ser que sim. Mas eu tenho que tentar." Me lembro das palavras da tia Ondine. "É hora de equilibrar o mundo na ponta de uma espada."

Quero dizer essa última parte como uma piada, mas a Chef não ri. "Tudo bem, mas eu vou com você."

Eu começo a protestar e ela me interrompe. "Sadie não deixaria você ir sozinha, e eu também não. Já vai se acostumando com a ideia, porque vamos atravessar aquela trincheira juntas!"

Eu penso em dar um soco para nocautear a Chef e meter o pé sozinha. Só que provavelmente ela me espancaria. E prefiro não levar uma surra antes de enfrentar a minha possível morte. Eu concordo, culpada por sentir um certo alívio em não ter que ir sozinha.

"Você não perguntou sobre a minha escolha diante dessa oferta."

A Chef encolhe os ombros. Ela põe um Chesterfield na boca, preparando para acender antes de se lembrar da chuva. "Tenho que confiar que o soldado ao meu lado vai fazer a coisa certa. Não adianta me preocupar com isso."

Quando eu caminho em direção ao topo da montanha, ainda está caindo uma chuva torrencial e gotas grossas formam poças no chão de pedra. A Chef ao meu lado, com o seu uniforme de Hellfighter e um Chesterfield apagado e cerrado entre os dentes expostos. Não fiquei feliz em ver essa espécie de sorriso dela. As fileiras de Klans mantêm os olhos grudados na tela, nos ignorando enquanto percorremos um amplo caminho no meio deles. Um Klu, segurando uma tocha, é o primeiro a nos ver. Ele abre a bocarra humana e começa a gritar. O sermão do Açougueiro Clyde na plataforma é interrompido e, como uma besta colossal, todo aquele mar de branco se volta em uma ondulação na nossa direção.

Continuamos, como se não fôssemos duas mulheres negras caminhando entre um bando de demônios, humanos ou não. Mas ninguém tenta nos impedir. Nem os Klus, nem os membros humanos da Ku Klux Klan, que definitivamente pareciam não apenas diferentes, mas *errados* de alguma maneira. Um nó cresce no meu estômago com aquele mar de rostos brancos errados. Algo que eu ainda não consegui entender.

Eu tiro meus olhos deles, alcançando a plataforma.

O Açougueiro Clyde está lá, com a pele escorregadia por conta da chuva e brilhante por conta das chamas na cruz. Por baixo da roupa de carne, ele ri.

"Maryse! Quase pensamos que você não viria!"

Isso é uma mentira. Ele sempre soube. Tudo isso parece uma história que ele vem escrevendo.

"Por favor, suba! Você chegou bem a tempo! Mas só você. Não precisa desse excesso."

"Ela vem comigo!", eu aceno pra Chef.

O sorriso dele diminui, mas ele acena com a mão. "Como você quiser".

Juntas, eu e a Chef subimos os degraus da plataforma. Se parece muito estranho ser quem somos e ficar diante de centenas de faces odiosas, é porque é mesmo. Alguns dos Klus ficam de boca aberta, bebendo água da chuva enquanto os membros da KKK ficam com aquela bizarrice nos rostos. Eu me volto ao Açougueiro Clyde, o filme atrás de nós sendo maior que a vida enquanto as chamas da cruz profana lambem a minha alma. Meus olhos vão até outros na plataforma: seis pessoas negras enfileiradas. Dou uma olhada para descobrir se quem eu procuro está ali também.

"Michel George!", eu chamo, mas ele não responde, nem mesmo vira.

"Ah, seu namorado não pode ouvir você", diz o Açougueiro Clyde. "Nenhum deles pode".

Ele se aproxima para tirar o saco da cabeça de Michael George e sinto alívio e dor ao ver aquele rosto lindo e familiar, ileso. Exceto...

"O que você fez com os olhos dele?", eu exijo saber.

"Ah, isso?" O Açougueiro Clyde coloca a mão na frente do rosto inexpressivo de Michael George. Ele não reage. Apenas o encara com olhos brancos, sem pupilas ou qualquer coisa. "Calma, ele só está dormindo. Mas não se preocupe. Faça o que precisa fazer, e ele vai voltar para você. Fácil assim. Os outros... bem, ela vai ficar com fome quando aparecer."

Ela. A Grande Ciclope.

Fico olhando o rosto vazio, desejando estender a mão para tocar, para abraçar Michael George. Mas é isso que o Açougueiro Clyde quer. Posso ver no sorriso diabólico dele, se deliciando com a minha dor. Fecho os punhos na tentativa de conter a raiva e me volto à multidão.

"É isso? Você me chamou aqui para ver o seu pequeno circo?"

O sorriso do Açougueiro Clyde se transforma em um disfarce macabro do Halloween. E eu me lembro que ele apenas brinca de ser um humano. "Nós te convidamos para testemunhar o grande plano."

"O que eu disse da última vez sobre o seu grande plano?"

Ele carcareja. "Acredito que suas palavras precisas foram: 'Foda-se o seu grande plano'. Mas não dissemos o papel que você vai desempenhar nele. Você não gostaria de saber? Temos planejado a sua parte por tanto tempo."

Quando eu não respondo, ele continua.

"Como você sabe, nós nos especializamos naquilo que você chama de ódio. Para sua espécie, é apenas um sentimento. Um pouco de raiva por trás dos olhos que pode fazer com que cometam todos os tipos de lindas violências. Mas para nós, esses sentimentos são uma força própria. Nós nos alimentamos disso. Valorizamos como se fosse a nossa própria vida." Ele se vira na direção dos Klans reunidos. "Veja todo esse ódio delicioso. Não colocamos ali, estava sempre crescendo dentro deles. Apenas dei uma cutucada para ajudar a florescer. Alguns rolos de celuloide e eles vieram para nós cheios de vontade e disposição. Mas, por mais que se sustente esse ódio, ele não é muito... potente."

Eu levanto uma sobrancelha. Eu diria que a KKK pode odiar muito bem.

"Olha só, o ódio que eles nos entregam não tem sentido. Eles já têm poder. No entanto, eles odeiam aqueles sobre quem têm controle, que realmente não representam uma ameaça para eles. Os medos não são reais, apenas inseguranças e inadequações. No fundo, eles sabem disso. E isso torna o ódio deles como... uísque aguado. Agora o seu povo!"

Os olhos dele se iluminam e ele se aproxima.

"Vocês todos têm um bom motivo para odiar. Todas as tragédias contra você e a sua gente? Um povo que foi açoitado e espancado, caçado e perseguido, sofrendo tão dolorosamente nas mãos deles. Vocês têm todos os motivos. Ódio por séculos de depravações. Esse ódio seria tão puro, tão certo, tão justo... tão forte!"

O corpo dele estremece como se estivesse imaginando o vinho mais doce.

"O que eu tenho a ver com isso?"

"Maryse, você é a nossa melhor candidata!"

A confusão em meu rosto faz o sorriso dele aumentar.

"Eu disse que temos observado você. Sabíamos que aquelas intrusas iriam coroar uma campeã para usar sua magiazinha contra nós, como fizeram antes. Mas e se pudéssemos orientar essa escolha? Em vez de lutar contra a campeã, ajudássemos a moldar uma. Deixar que ela veja como é se machucar. Deixar que essa ferida infeccione para que ela mantenha aquela sementinha de ódio bem no seu interior. Então nós nutrimos essa semente. Regamos com os nossos cachorros. Deixamos você caçar, matar, se divertir. E você gosta, não é? Porque esse ódio continuará crescendo até que esteja bom e forte, esperando pra ser colhido, esperando que você apenas *toque* nele."

A raiva abala a minha voz. "Esta é a parte em que você faz sua oferta?"

"Exatamente", ele ronrona.

"Bem, não há necessidade, eu sei o que é. E eu não quero isso. Não de você!" Ele me olha engraçado. E o calor em mim aumenta. "Cê tá se oferecendo pra trazer minha família de volta! Cê disse poder sobre a vida e a morte. Me entregar o que eu quero mais do que tudo. Você acha que oferecer isso pode me fazer mudar de lado? Entrar no grupinho de vocês? Depois de tudo?"

O Açougueiro Clyde se cala, o que é incomum. E tudo que posso ouvir é a minha própria respiração profunda, raivosa, e a chuva forte. Então ele faz algo inesperado. Ele gargalha muito alto. Ele bate nas coxas e quase cai. E imagino todas aquelas bocas escondidas rindo também. Ele olha para mim, enxugando as lágrimas ou a água da chuva.

"Ai, Maryse! Você tem muita imaginação! Trazer a sua família de volta? Isso é o que você tem pensado que a nossa oferta é? Esperando por isso? Não podemos trazer sua família de volta." Sua alegria é interrompida e ele fica sério e frio. "Eles morreram e se foram. Pra sempre."

As palavras dele ferem de um jeito que eu nem sabia que palavras podiam ferir, rasgando a parte mais profunda de mim. Sinto minhas bochechas esquentarem de vergonha. Ele tem razão. Eu esperava por isso, ansiava por isso, mesmo enquanto lutava e lutava para não aceitar. Eu queria que uma coisa assim fosse pelo menos possível. Saber que havia uma chance.

"Não, Maryse, você entendeu errado o significado do que dissemos", o Açougueiro Clyde continua. "Veja, não estamos pedindo que você mude de lado. Não. Nós estamos nos oferecendo para ficar do seu lado."

Eu apenas pisco. As palavras dele expulsam tudo da minha cabeça. "O quê?"

Ele olha fixamente com aqueles olhos cinzentos. "Seja a nossa campeã, Maryse. Lidere nossos exércitos. Dê ao seu povo a única coisa que falta..."

"Ódio?", eu interrompo.

"Poder", ele corrige, a voz agora intensa. "O que eu te disse. Você traz pra gente esse ódio justo e legítimo de vocês e nós lhe concederemos poder o suficiente para nunca mais precisar temer ninguém. Poder suficiente para se proteger e derrotar os seus inimigos, para fazer com que se encolham e tremam diante de você com um medo real. Poder para vingar todos esses erros. Poder sobre a vida e a morte, a sua e a dos seus inimigos!"

Eu fico sem palavras. É esta a oferta. Uma que eu nunca tinha imaginado.

"E eles?", eu indico os Klans reunidos.

"Eles já serviram ao propósito deles."

"E a Grande Ciclope? Ela tá bem com essa ideia de você trocar de lado?"

O sorriso dele volta. "Você acha que o grande plano veio de onde?"

"Eu vim aqui pra impedir que ela venha pra este mundo!"

"Impedir?", ele ri outra vez. "Mas, Maryse, ela já está aqui!"

Ele estende o braço na direção da multidão da KKK e, à princípio, não entendo nada. Mas então, eu vejo de novo: o que tem de errado em todos aqueles rostos. Como se estivesse respondendo a uma convocação, um deles dá um passo à frente, olhando para cima com um olhar vazio enquanto a chuva cai no rosto dele. Começa a tremer e o corpo todo começa a convulsionar antes que ele entre em colapso.

Eu ouço a Chef praguejar ao meu lado, mas meus olhos estão naquele Klan, ou no que ele costumava ser. As vestes brancas estão no chão úmido e de dentro dela desliza para fora o que parece ser uma carne crua, ensanguentada, sem nenhuma forma ou contorno. Como se o seu corpo tivesse sido virado do avesso. Ele rasteja pela pedra molhada assim que outro Klan dá um passo à frente e faz o mesmo, depois outro, e outro, e...

"O que você fez com eles?", eu pergunto, tentando controlar minha barriga arfando.

"Nós? Só demos a eles o sustento que desejavam. Isso eles fizeram a si mesmos e de boa vontade. Como eu já disse, eles são apenas carne pra nós."

Carne. Era isso que ele estava dando para eles comerem no restaurante. Carne viva.

"Ela já tá dentro deles", ele se gaba. "Eles engoliram a Grande Ciclope, deram o ódio deles como alimento pra ela. Agora ela vem clamar o que é dela."

Eu observo enquanto os montes de carne se dirigem à cruz. Eles se envolvem na madeira em chamas, subindo um fedor insuportável que queima o meu nariz. Em instantes, se amontoam por toda cruz, até que o calor daquele fogo infernal e eterno funde a carne à madeira e tudo se transforma em uma só coisa. Parece que uma espécie de mão gigante está esculpindo aquilo, empilhando aquela carne na forma de um esqueleto como se fosse argila, puxando e moldando algo com o corpo curvado, longos membros carnudos e um torso que se estende pelo chão. Essa coisa fica maior a cada segundo que passa. Os Klans restantes nem mesmo entram em colapso mais; apenas se juntam àquela monstruosidade. Eles simplesmente caminham na direção da parede de carne viva e são sugados por inteiro. Eu vejo lá dentro, os corpos se dissolvendo, restando apenas os seus rostos na carne, bocas abertas como se estivessem gritando... um grito eterno. Quando tudo finalmente termina, ergo o meu pescoço para olhar a monstruosidade nascida nesta noite, e a chuva cai em meu rosto como se o céu chorasse.

A Grande Ciclope não se parece com nada que eu já tenha visto. Talvez lembre uma longa cobra enrolada. Mas também há braços nisso, troncos grossos que se dividem em tentáculos enrolados e retorcidos. Toda ela é feita de pessoas, humanos que agora estão ligados a ela, seus vassalos neste mundo. Ao longo deste corpo horrendo, bocas se abrem para soltar um grito de nascimento e triunfo que me abala até os ossos.

"Ela não é linda?", o Açougueiro Clyde pergunta, surpreso como se tivesse visto um fantasma.

As bocas da Grande Ciclope se abrem e gritam de novo. Não, não apenas gritando. Falando, em um coro ímpio.

Viemos reivindicar o que é nosso. Este mundo. Traga nossa campeã. Nos deixe ver!

"Ela quer te conhecer, Maryse!"

No momento em que ele diz isso, a Grande Ciclope abaixa o pescoço até me encarar com o toco onde deveria estar a cabeça dela. Cem olhos se abrem na carne ondulante, cada um deles extremamente humanos. Eles se contorcem e caminham pelo corpo dela como girinos nadando na lama, até atingirem o topo da criatura, formando uma grande massa de olhos que se concentra em mim.

Vejo aquela que aceitará o nosso dom. As nossas bênçãos.

A Grande Ciclope abre os braços e aqueles tentáculos carnudos se contorcendo me envolvem. Pequenas protuberâncias como dedos de gente estouram no limite do comprimento, e eu sinto. Pegajosos e úmidos, deslizando pelas minhas roupas e pele. Tocando, sentindo, me avaliando. Se uma centopeia gigante com mãos de homem não tivesse feito quase o mesmo comigo na noite anterior, tenho certeza que eu poderia ter desmaiado agora.

Sim! Isso! Ela carrega a raiva de seu povo. Puro, mas inexplorado. Poderíamos fazer muito com isso. Podemos fazer muito por você!

"Você só precisa dizer sim, Maryse", o Açougueiro Clyde insiste. "Aceite o presente!"

Devia ser fácil para mim dizer não. Mandar esses monstros para o inferno e além.

Mas... as palavras do Açougueiro Clyde estão na minha cabeça e não consigo me livrar delas. O que eles me oferecem é poder. Poder para proteger. Poder para vingar. Poder sobre a vida e a morte do meu povo. Quando alguém ofereceu tanto às pessoas negras? Quando tivemos o poder de não ter mais medo? Não estivemos sofrendo e morrendo todo esse tempo nas mãos de monstros de forma humana? Então, que diferença faz se fizermos um pacto com alguns outros monstros? O que devemos a este mundo que tanto nos despreza e brutaliza? Por que levantar um dedo para salvar um lugar que nunca fez nada para nos salvar?

Tão perto que você está de ver a verdade, sussurra a Grande Ciclope. *Entregue a sua raiva. Nos deixe mostrar como lidar com ela. Como te deixar forte. Sem ter misericórdia ou medo dos seus inimigos. Não fuja disso. Abrace. Quem é o culpado pelo ódio que o ódio criou?*

Posso sentir o calor dessa raiva crescendo, quente o suficiente para queimar. Na minha cabeça estão todas as visões que já tive. Homens, mulheres e crianças que se parecem comigo, diante do chicote, acorrentados, açoitados até a carne saltar dos ossos. É tanta dor que as almas clamam. É por isso que eles me escolheram. Porque carrego não apenas a raiva do que vi com os meus próprios olhos, mas séculos de raiva que cresce em mim. Os temores da tia Ondine estavam certos. Ao me dar aquela espada, eles estavam me moldando para o inimigo com o qual devo lutar.

Tenha cuidado agora, Coelho Bruh. A voz do meu irmão vem tão forte que parece que ele está ao meu lado. *Nós, a aranha, o coelho e até a raposa; os trapaceiros. A gente engana aqueles mais fortes do que nós. É assim que sobrevivemos. Cuidado para não se enganar!*

Sua voz é seguida por outra. *Eles gostam dos lugares que nos machucam. Eles usam isso contra a gente.*

As palavras da garota, meu outro eu do lugar dos sonhos, me atingem com uma compreensão repentina. Os lugares onde nós nos machucamos. Onde *nós* nos machucamos. Não só eu, todos nós, gente negra de toda parte, que carregam feridas seculares, às vezes abertas para que todos vejam, mas sempre muito enterradas e escondidas. Sempre nas profundezas. Me lembro das músicas que acompanham todas essas visões. Músicas cheias de mágoa. Canções de tristeza e lágrimas. Canções que pulsam de dor. Uma raiva justa e um clamor por justiça.

Mas não ódio.

Esses sentimentos são diferentes. Sempre foram. Estes monstros querem deturpar isso. Usar para benefício próprio. Porque é isso que eles fazem. Torcer você ao ponto de esquecer de si mesmo. Te transformar em algo similar a eles. Só que eu não consigo esquecer todas essas memórias que estão comigo, me mostrando o caminho.

Eu sorrio e um hálito fresco esfria o fogo sob a minha pele. Este foi o meu teste. E acho que acabei de passar. Eu viro os olhos na direção do Açougueiro Clyde.

"Você disse que todos eles são apenas carne."

Ele parece confuso pela primeira vez. Gosto disso.

"É assim que você chama a KKK, apenas carne."

"Não tenho certeza se entendemos..."

"Vamos lá, no seu restaurante você disse que éramos todos apenas carnes. Não importa a pele. Você disse que estamos todos aqui pra vocês usarem." Eu aceno aos Klus. "Se eu te der essa chance, você vai fazer com a gente o que eles deixaram você fazer com eles. Certo?"

Ele não responde, apenas dá um sorriso sinistro que já diz tudo. Eu sorrio de volta, abaixando a minha mão e invocando a espada.

As visões giram em torno de mim. Só que não há nenhuma garota assustada ameaçando me puxar até uma escotilha. E com esse medo vencido, parece que abri uma comporta. Não são mais alguns ou centenas de espíritos invocados, são milhares. Eles correm em direção a espada, despejando as canções das vidas deles. A força disso passa pelo ferro e sobe para dentro de mim. Tambores, cânticos e choros, cantos, risos e uivos, músicas rítmicas e longas, gemidos lamentosos. Um arquivo de memórias infindáveis de túmulos aquáticos no Atlântico a campos de arroz lamacentos e plantações de algodão, das profundezas sufocantes das minas de ouro ao cheiro adocicado do açúcar fervente que eles consumiam com as mandíbulas chicoteadas, entre correntes e objetos pontiagudos para prender e acabar com eles. Eu sou varrida por esse redemoinho e canto também, despejando a minha própria dor. Os senhores de engenho e reis amarrados sofrem com os nossos cantos e despertam os velhos deuses. A prata fria desliza em minha mão e a fumaça preta forma, enfim, a lâmina. Em algum lugar próximo, ouço o Açougueiro Clyde soltar um grito estrangulado.

"Nós quebramos você!".

Não sei se ele se refere a mim ou à espada. Talvez ambos.

Eu pisco para Chef, antes de voltar à Grande Ciclope, cujos tentáculos ainda se contorcem sobre mim.

O que é isso? O que está acontecendo?

"Você já ouviu a história da Verdade e da Mentira?", eu pergunto. "Bem, vamos direto para a parte que interessa: você é a Mentira."

Segurando a espada com as duas mãos, eu mergulho a lâmina naquele ninho de olhos que deveria ser a cabeça do monstro. A lâmina explode em um clarão, queimando tudo que toca nela. A Grande Ciclope estremece quando um fogo branco percorre seu corpo enorme, fazendo centenas de bocas gritarem em agonia embaixo daquela massa de carne brilhante e em erupção. No topo da montanha, os Klus gritam também, como se estivessem sentindo a mesma dor. Que bom! Eu puxo a espada de volta, fazendo o pescoço longo da criatura estremecer, vazando sangue e carne carbonizada para todos os cantos.

A Chef grita. "É disso que eu tô falando!" Ela puxa duas garrafas da jaqueta e sacode até que o líquido dentro dela brilhe. Uma mistura especial que Molly ajudou a preparar: um pouco de explosivo com a mais pura Água da Mamãe. Correndo para frente, ela arremessa a garrafa dentro de uma das bocas flamejantes que berram no torso da Grande Ciclope e, em seguida, arremessa a segunda em outra boca. A Chef pula para fora da plataforma, e eu faço o mesmo. A garrafa é detonada e abre grandes buracos no corpo do monstro. Penso imediatamente que ela irá tombar, mas ela solta um rugido que sacode o topo da montanha. E eu percebo que a gente só provocou a ira dela.

Me levanto quando algo passa por mim e me afasto, percebendo que é um dos Klans. Olho para cima e vejo uma aglomeração deles escalando a plataforma de madeira. Mas eles não vêm atrás de mim ou da Chef. Eles correm na direção da Grande Ciclope, saltando para dentro daquela carne: os corpos deles curam o dano causado.

"Merda!", a Chef diz.

Um tentáculo acerta a Chef em cheio assim que ela termina a palavra. Eu grito enquanto ela é arremessada pela noite. Então, toda uma massa de tentáculos desce furiosa, rasgando metade da tela do cinema e quebrando a plataforma, jogando em mim, e em qualquer outra pessoa próxima, uma chuva de lascas de madeira.

O mundo gira e parece levar uma eternidade até ele parar de novo. Eu me levanto de onde aterrissei toda machucada, e rastejo por baixo dos escombros. Perdi meu boné, agora pisco para afastar a água da chuva dos olhos e procurar a Chef. Michael George deve estar aqui também. Eu fico de joelhos e vejo a Grande Ciclope esperando, completamente erguida. Ela é gigantesca. Com a tela quase em pedaços, as imagens em movimento refletem no corpo dela, são imagens fantas-magóricas da Ku Klux Klan cavalgando sobre essa carne monstruosa. Ela se abaixa, me encarando com uma massa de olhos infinitos, todos queimando de raiva. Aí está o ódio.

Você nos negou! Nos feriu! Vamos aniquilar você deste mundo!

Me levanto, plantando os pés com firmeza e erguendo a espada.

"Bem", eu falo devagar. "Vem pra cima."

Mas aquela massa de olhos não está mais olhando para mim. Outra coisa chamou a atenção dela. Eu me viro e vejo uma figura ao meu lado, saindo do nada. O corpo achatado como papel, antes de se transformar em um homem de pele marrom em um terno branco e um chapéu-coco de lado combinando.

Dr. Bisset.

"Cê tá atrasado."

NOTA 7:

Quando o presidente Lincoln liberou a emancipação, os senhores de engenho mesquinhos não queriam que as pessoas escravizadas soubessem disso, mas elas tinham os próprios meios de saber. Um deles se chamava John. Ele cresceu na cozinha e aprendeu a ler observando a sinhá que ensinava aos filhos. Chegou com uma carta sobre a emancipação, e todos da senzala se reuniram para ouvir a leitura dele. É por isso que chamamos esse cântico de Leia, John, leia pra eles, *por conta desse dia, em que ele contou ao povo que seriam libertos!*

— Entrevista com o tio Will, de 77 anos, transliterado do gullah por EK. —

SAUDADE

9

O dr. Bisset está ali, com os olhos vendados, nem um pouco molhado, como se a chuva não ousasse encostar nele.

"Não existe cedo ou tarde pra nós", ele responde. "É apenas uma questão de tempo."

Ele definitivamente está andando com demônios há tempo demais. Espera... *nós?*

A árvore de Carvalho de Anjo Morto aparece atrás dele. Os galhos se espalham pela montanha. Em torno dela, há uma dúzia de seres também intocados pela chuva e altos demais para serem homens, todos com uma pele enrugada no lugar do rosto.

Os Doutores Noturnos.

A Grande Ciclope ruge: bocas intermináveis rangem os dentes enquanto ela passa por cima de mim para enfrentar a nova ameaça. Um dos Doutores Noturnos levanta o braço e arremessa uma corrente branca pálida e com um gancho curvo. O gancho é fincado no tronco do monstro e puxa a Grande Ciclope. Ela levanta um tentáculo e arremessa o Doutor Noturno para o chão, fazendo pedaços de pedra voarem. Um segundo tentáculo faz o mesmo com outros deles. Meu coração afunda quando penso que ela está prestes a matar os dois. Mas os Doutores Noturnos escapam do abraço dos tentáculos e se levantam, como se nada tivesse acontecido! Eles erguem os braços e lançam mais correntes: um gancho atinge o pescoço da Grande Ciclope e outro agarra uma das bocas rosnando. Mais correntes voam pelos céus, todas fincando o corpo monstruoso dela. Algo cintilante percorre essas correntes. Vejo que os rostos dos Doutores Noturnos estão se contorcendo de euforia e percebo que eles estão se alimentando da Grande Ciclope. Do ódio dela e do ódio de todas as pessoas que compõem a criatura. Deve doer muito, porque todas aquelas bocas gritam. Não mais de raiva, mas de dor. E medo.

Ela tenta se desvencilhar, mas os Doutores Noturnos puxam com mais força as correntes penduradas nos ombros. Alguns Klus mostram as verdadeiras faces e correm para proteger o deus deles. Os Doutores Noturnos varrem todos com uma única mão e quebram os pescoços de alguns como galinhas. Estes seres assustados insistem em continuar avançando e são todos tragados pelo Carvalho do Anjo Morto, um por um. A Grande Ciclope é arrastada até lá também, capturada como um peixe enquanto luta para se libertar: dezenas de mãos humanas saem do corpo dela para agarrar qualquer coisa e se salvar. Mas há apenas a montanha escorregadia, e os dedos carnudos deslizam pelas pedras molhadas, em vão.

Quando ela se aproxima da árvore, o tronco embranquecido se abre como uma boca escancarada. Os tentáculos da Grande Ciclope se agarram nos galhos, tentando se prender a eles, no desespero para se salvar, ela grita em pânico. Mas nada mais funcionará. A árvore morta engole a criatura por completo e a sala de dissecação está à espera. Aposto que ela não vai gostar daquilo. Baixinho, eu sussurro os versos da Chef:

> *Doutores Noturnos, Doutores Noturnos,*
> *Você pode chorar e esquecer.*
> *Mas eles não vão parar,*
> *Até terminar de dissecar você.*

"Uma barganha cumprida", diz o dr. Bisset. Em seguida uma pausa. "À sua esquerda."

É o único aviso que ele dá quando um cutelo de prata quase corta o meu pescoço. Eu pulo para trás, levantando a espada a tempo de me defender. O Açougueiro Clyde. Ele está usando o verdadeiro rosto agora. Olhos transformados em orifícios rodeados de dentes, enquanto as bocas uivam por baixo das vestes molhadas, cuspindo a raiva pura.

"Você nos traiu! Arruinou nossos planos!"

Ele está tão irritado que nem sequer luta, só me ataca aleatoriamente com os cutelos. Mesmo assim, eles se chocam com a espada e levantam faíscas poderosas e radiantes.

"Vou te matar e te comer! Transformar você em carne!"

Um estrondo borbulha de dentro dele. A frente do manto se desfaz, revelando, no lugar da barriga, uma boca enorme; a mesma do meu sonho! A boca abre, dentes como agulhas, uma língua comprida e inquieta. Essa coisa nojenta tenta me abocanhar, e eu corto fora, deixando o pedaço de carne se debatendo na chuva. Eu estava ansiosa para fazer isso. Ele grita, cambaleia, depois vem para cima de mim outra vez, com a boca aberta e cantando.

É como naquela noite no boteco. Um refrão sem lógica, compasso ou ritmo. Como se tivesse sido criada para desfazer a música. Eu tropeço e cambaleio, mas chega! Eu também tenho músicas! Escuto a espada, deixando que as vozes a cantar me conduzam. Por um momento, parece que as duas vozes estão lutando: as minhas canções contra o refrão desigual dele. Mas nunca foi uma luta de verdade. O que eu tenho é belo, é uma música inspirada pela resistência, a luta e um amor feroz. O que ele tem não passa de um ruído odioso. Não há um único indício de alma naquilo. É carne sem tempero. Minhas músicas quebram aquele absurdo, calando a boca do açougueiro enquanto a minha espada arranca o braço dele. Ele recua e eu me ajoelho para cortar tudo que ele carrega do joelho para baixo.

Ele cai de costas e eu me aproximo. Observo enquanto ele luta para se levantar. O dr. Bisset aparece do meu lado, estudando o Açougueiro Clyde no chão com interesse. Eu me curvo para perto, evitando os golpes inúteis do cutelo dele em mim. As bocas dele sibilam e eu começo a trabalhar: retalho a carne, as mentiras, corto ao som das belas canções na minha cabeça. Na metade do trabalho, o corpo dele desmorona. Pedaços de carne escorregam e rastejam pela montanha como uma colmeia quebrada de insetos em busca de fuga.

Mas o dr. Bisset ainda está lá e se torna um borrão: ele está em todos os lugares ao mesmo tempo. Ele pega cada pedaço do açougueiro e coloca dentro de algo que parece ser uma maleta médica branca. Os pedaços se debatem dentro da maleta, tentando se soltar. Um deles escapa. Ele acena com a cabeça para mim e eu vejo uma forma estranha fugindo pelas árvores. Reconheço o que é: a cabeça de cabelos alaranjados do Açougueiro Clyde. Dela, brotaram pernas que mais parecem tubos que ele usa para correr. Mas eu alcanço facilmente, plantando um pé em cima da testa dele. Debaixo do salto da minha bota, duas bocas, onde os olhos deveriam estar, grunhem com os dentes irregulares.

"Eu não disse que um dia ia te cortar em pedaços?"

Quando ele abre a outra boca para rosnar, mergulho minha espada dentro dela. A lâmina esquenta e há uma fusão de gritos. A cabeça do Açougueiro Clyde fumega e queima por dentro. Eu não paro até que haja silêncio e nada mais além de pedaços de cinzas que a chuva começa a lavar.

"Uma pena", diz o Dr. Bisset. "Eu teria gostado de examinar esse espécime."

Eu olho para sua bolsa. "Você já não tem o suficiente?"

Ele responde levantando a ponta do chapéu-coco, depois caminha até o Carvalho do Anjo Morto.

"Como você convenceu os seus senhores", pergunto. "A me... ajudar?"

"Eu te disse. Você é intrigante pra eles. Eles vão... continuar de olho em você."

Não gostei nada *dessa* ideia.

Ele alcança o tronco do carvalho e vira o corpo de lado, se tornando plano como um papel novamente, até que ele e a árvore desaparecem. E o peso de tudo o que acabou de acontecer quase me faz cair de joelhos. Então eu me lembro.

Chef! Michael George!

Preciso explorar um pouco o ambiente até encontrar os dois. Primeiro a Chef. Ela está com um caroço feio na cabeça e inconsciente, mas ainda respirando. Encontro duas outras pessoas, ambas mulheres, antes de encontrar Michael George. Ele se machucou um pouco, mas está vivo. Embora os olhos dele ainda estejam transformados em bolas de gude brancas. Olho para o céu, a chuva desce no meu rosto. A Grande Ciclope se foi. O Açougueiro Clyde também. Mas isso não acabou. Neste momento, percebo que não estamos sozinhos.

Estamos diante de uma massa de Klus. E o resto da Ku Klux Klan que não deu seus corpos à Grande Ciclope ainda hipnotizados no que restou da tela onde está sendo exibido o filme. Todos esses monstros se escondendo em rostos humanos me olhando como mortos nesta chuva brutal. Me lembro de como o Açougueiro Clyde chamava todos eles: cães. Agora sem mestre.

Um mais próximo rosna, jogando no chão a tocha que segura e se transforma em um Klu completo diante dos meus olhos. Atrás dele outro se transforma. E outro. Em poucos momentos, todos eles. Centenas de Klus resmungando e entrando em frenesi. Quando eu levanto a espada, eles enlouquecem e vêm correndo para me atacar, como se planejassem nos enterrar sob os próprios corpos pálidos.

Mas ouço um grito repentino e eu olho através da chuva para ver uma cena incrível.

Atravessando o topo da montanha, Emma Krauss e seus camaradas. As aprendizes de Molly, Sethe e Sarah, seguem ao lado dela. E atrás deles, vem o resto, liderados por soldados com uniformes militares, segurando rifles com baionetas e com um homem corpulento e negro tomando a frente. Dissemos a eles que ficassem parados e esperassem o nosso sinal. Acho que eles levaram tudo o que aconteceu como um sinal. Os soldados se movem a passos rápidos, levantando água das poças e gritando. Eles passam Emma e os camaradas. Apenas Sethe e Sarah acompanham o ritmo desses homens e, juntos, eles se chocam contra os Klus.

Os soldados têm experiência e derrubam os Klus um a um, empalando com as baionetas. Sethe e Sarah atiram nos Klus pelos flancos, e cortam os mais próximos com grandes facas com ponta de prata. Um dos monstros se aproxima demais de Sarah e é atingido na garganta com a faca, em seguida leva um tiro no meio dos olhos. Emma trabalha com a espingarda de forma quase tão feroz quanto Sadie. Ela abre um buraco em um Klu e então gira para acertar a perna de outro, que tomba, e é furado pelas baionetas dos soldados em um piscar de olhos. As chamas das tochas descartadas iluminam as vestes rasgadas e os pedaços da plataforma. Essa iluminação vai criando pequenas fogueiras não naturais que fazem o topo da montanha parecer uma pintura de guerra. O embate faz com que alguns Klans despertem do transe. Eles cambaleiam embasbacados e se afastam da batalha campal.

Eu também estou em serviço: Klus vêm de todos os lados. A espada canta sem parar, enquanto me esquivo das garras e corto os abdomens deles, mantendo distância de qualquer jeito. A Chef e Michael George, ainda inconscientes, estão aos meus pés. Esses monstros são tão estúpidos que não conseguem coordenar os próprios corpos, então eu empurro um ou dois em cima deles próprios, fazendo com que eles comecem a se desmontar. Sobre mim, balas voando, homens e mulheres bradando. E Klus caindo.

Mas eles não são os únicos.

Humanos caem também. O robusto soldado, mesmo lutando bravamente com a baioneta, é arrastado pelos Klus. Um dos camaradas de Emma está ferido gravemente, esbravejando de dor, e Emma fica ao lado dele recarregando a espingarda. Sethe e Sarah de costas uma para outra, cercada por Klus como cães de caça fariam.

Não está indo muito bem para mim também. Respiro com dificuldade, dois dias de exaustão estão cobrando o preço enquanto tento não desabar nesta pedra escorregadia. Cada ataque dado transforma meus braços em geleia e os monstros continuam vindo: uma maré branca e pálida de ódio sem sentido. Uma pena, depois de tudo, acabar assim. Um corte na minha testa faz escorrer um filete de sangue nos meus olhos. Eu pisco e, ao abrir os olhos de novo, encontro um mundo em silêncio.

Os Klus sobre mim estão paralisados como estátuas. Não são só eles, todos pela montanha também. Humanos e monstros na noite, imóveis em posições de combate, criando uma pintura maluca espalhada em uma tela preta. Eu olho para cima e encontro pequenas joias no ar. As gotas de chuva. Me pergunto se seria possível estender a mão e pegar uma.

"Você já pensou no que os Klus fazem quando não são... bem, Klus?"

A voz me deixa rígida. Porque isso não deveria ser possível. Mas quando me viro, o impossível está parado bem ali. Sadie, com os polegares enfiados no macacão, enquanto estuda um Klu saltitante e paralisado no ar.

"Eles vão trabalhar? Cumprem os seus deveres maritais com suas esposas e..."

"Sadie." Eu praticamente respiro o nome dela. "Santa misericórdia! Como... eu morri?"

Ela revira aqueles grandes olhos castanhos. "Não seja burra, Maryse, eu sou a morta aqui."

E agora eu noto a sua pele amarelada carregando um brilho suave e quente. Ainda assim, duvido dos meus olhos.

"Isto é real?"

"Eu aqui é a coisa *mais estranha* que você viu hoje?"

Ela tem razão, mas uma tristeza profunda me preenche ao ver o rosto dela novamente.

"Ai, Sadie, gostaria que você não estivesse aqui... Morta, quero dizer."

Ela dá um longo suspiro. "Sim, eu gostaria de não estar também. Enfim, escutei o canto da mulher gullah chamando a gente. Foi assim que ela nos reuniu. Parece que a voz dela pode ir mais longe do a gente pode imaginar. Tinha que vir até mim também, mas não chegava. A Molly está certa, este lugar é tipo uma porta. E não dava para atravessar, não até você fazer a escolha certa. Eu disse para todo mundo que você não aceitaria nenhuma oferta daquele velho demônio maligno!"

Tento entender tudo o que ela está dizendo.

"Todo mundo?"

Eu sigo o olhar dela e encontro homens e mulheres enfileirados, todos carregando o mesmo brilho quente. Eles caminham pela quietude da montanha, entre as gotas de chuva. Eu sei de imediato quem são essas pessoas, porque a espada começa a zumbir. Esses são os espíritos das pessoas mortas pelos Klus e pelo ódio que eles alimentam. Pessoas que foram...

Eu aperto o meu peito quando um deles vem em minha direção. Ele é da minha altura, tem olhos escuros como os meus e os mesmos lábios arredondados. A camisa branca enfiada em uma calça lisa, marrom, presa por suspensórios. Ele anda com um passo despreocupado e o rosto dele está contorcido em um sorriso torto.

Minha voz sai embargada. "Martin?"

"Como cê tá, Coelho Bruh?", o meu irmão responde, e minhas pernas cedem.

Eu fico o admirando, antes de esticar meus dedos trêmulos até ele, que atravessam onde a carne dele deveria estar.

"Ei, ei! Para com isso, faz cócegas!" A risada familiar me faz soluçar e rir ao mesmo tempo, e eu me viro, fitando os outros fantasmas. "Mamãe? Papai?"

Ele balança a cabeça. "Nem todo mundo consegue passar. Mas mandam o amor deles também."

Tantas palavras nos meus lábios, mas o que sai é: "Desculpe por não conseguir te salvar".

Ele se agacha perto de mim, com os olhos brilhando. "O que aconteceu com a gente... Só quem fez aquilo pode ser culpado. Todo mundo aqui está orgulhoso de você. Muito orgulhosos! Você não tem nada para se desculpar, ouviu?"

Eu assinto devagar, em seguida, enfio a mão no bolso de trás, puxando uma coisa molhada e surrada e me sentindo boba quando mostro para ele. "Ainda tenho o seu livro. Coloquei novas histórias nele também."

Ele ri de novo e eu valorizo o som disso. "Aposto que sim!"

"Eu sinto tanto sua falta", sussurro.

O rosto dele se suaviza. "Eu nunca me afasto. Cê não me escuta falando, Coelho Bruh?"

Meus olhos se arregalam e ele me dá uma piscadela.

"Você tava tão absorta na sua dor que não tinha outra maneira de fazer você me ouvir, exceto através dessas histórias. É hora de colocar os fardos no chão, Coelho Bruh. Viver a vida."

Eu concordo, em lágrimas. Ele se levanta para ver o topo da montanha, onde há uma multidão se aproximando. No começo, acho que são espíritos. Porque um deles está brilhando. Mas então avisto aquele vestido azul-escuro e os cabelos crespos e brancos.

"Nana Jean?" A velha Gullah passeia tranquilamente pelos Klus e pessoas imóveis, como se estivesse indo à igreja no domingo. Tio Will e os Cantadores seguem atrás. Como eles conseguiram subir aquela montanha escorregadia?

"Nunca duvide de uma velha teimosa", Sadie responde à minha pergunta silenciosa.

Meu irmão sorri. "Cê fez bem, Coelho Bruh. Agora deixa que cuidamos disso."

Ele dá um beijo fantasmagórico na minha bochecha, antes de sair para se juntar aos espíritos reunidos. Eles se agruparam em torno de Nana Jean e dos Cantadores, estendendo a mão para tocar na velha com os dedos fantasmagóricos.

Sadie se senta ao meu lado, sorrindo. "Você vai gostar disso!"

O tempo volta ao normal. A chuva, os gritos, a batalha. Os Klus estão prontos para nos exterminar quando um gemido profundo se inicia. Nana Jean. A voz dela parece atrair a atenção das criaturas; eles se agitam. Ela geme outra vez e os fantasmas ao redor entram no coral: um zumbido vibrante e profundo que se espalha pelo ar, abrindo a chuva diante dela. Então, a mulher gullah levanta a cabeça aos céus e inicia um Cântico.

A voz de Nana Jean é como um trovão, um som que sacode a alma, nos conduzindo ao coração pulsante do mundo. Os fantasmas respondem e os Cantadores começam a aplaudir, enquanto o Homem Palito bate na montanha como se fosse um tambor. Os fantasmas flutuam em torno da mulher gullah com os pés deslizando e se arrastando, mas nunca se cruzando. Nana Jean canta uma música sobre o fim dos tempos e é como se eu pudesse ver as palavras dela tomando forma. Sinais gravados nas folhas, pedras gritando. Um cavalo de fogo sem um cavaleiro queimando trilhas em um vale. Anjos mais altos do que colinas, empoleirados e girando em uma roda de carruagem. A mulher gullah continua cantando e os fantasmas reagem ao Cântico, se movendo mais rápido ao redor dela.

Os cabelos da minha nuca se arrepiam. O canto de Nana Jean invoca uma quantidade de magia que nunca vi. A espada treme em minha mão, os espíritos atraídos pela lâmina correm até o círculo também, se juntando ao Cântico. Até os senhores de engenho e reis vão, em busca de uma redenção. Junto dos fantasmas, eles giram cada vez mais rápido ao redor da Nana Jean, se tornando um borrão ofuscante dentro da noite. Os Klus gritam de raiva, alguns se lançam contra essa luz giratória, tentando atacar a Nana Jean e os Cantadores, mas ao fazer isso são transformados em cinzas. É impossível parar essa luz. É algo que eles não podem suportar. Esta é a Verdade. E nenhuma Mentira pode resistir a isso.

Alguns Klus tiveram bom senso o suficiente para perceber o perigo e fugir. Mas a luz se transforma em um ciclone e os destrói facilmente. De dentro desse brilho, eu ouço a mulher gullah cantando, provocando os Klus que tentam fugir, dizendo a eles que não têm para onde correr. Os fantasmas respondem a altura também. As vozes deles são poderes capazes de estremecer a terra, e os Klus queimam com a luz, limpando a maldade deles e dessa montanha. O Cântico continua, um redemoinho mergulhado na noite. Como no Dia do Julgamento.

Quando finalmente não há mais Klus de pé, o Cântico desaparece. Os fantasmas se vão, meu irmão também. A magia pairando no ar como um relâmpago. Tudo o que resta é Nana Jean agachada, cansada com tanta magia, Tio Will e os Cantadores a apoiando.

"Eu disse que cê ia gostar!", diz Sadie.

Eu balanço a minha cabeça, maravilhada. Nunca mais vou duvidar dessa velha gullah.

"Bem, é hora de ir", Sadie diz ao se levantar.

Minha boca se abre, sem saber o que dizer. Então, me contento com a verdade. "Sinto sua falta."

Sadie sorri. "Espero que sim! E você trate de se lembrar de fazer algo grande para mim, como eu pedi." Ela olha para baixo. "O que tem de errado com a Cordy?"

Eu me viro para onde a Chef permanece imóvel. "Ela foi atingida. Não sei..."

Sadie se inclina. "Há um truque para isso." Ela dá um tapa na cara da Chef, mas os dedos passam direto. Franzindo a testa, ela tenta novamente, desta vez fazendo um estalo alto, e a Chef se levanta assustada. Sadie ri como se fosse a piada mais engraçada do mundo.

"Vovô tava certo", ela pisca. "A gente recupera elas." Duas asas se desenrolam atrás dela, de belas penas douradas com listras pretas, amplamente abertas. Ela dispara no céu como uma flecha e se vai.

"Perdi alguma coisa?", a Chef pergunta, nós duas olhando para o céu.

Alguém geme. Michael George está acordando. Ele abre os olhos, agora brilhantes, castanhos e bonitos, piscando para mim em um estado de confusão.

"Maryse?"

Eu dou um beijo tão forte que ele se assusta. No momento é o bastante.

"Parou de chover", observa a Chef.

Eu me afasto do Michael George, observando ao redor. Ela está certa. Não tem mais tempestade. As nuvens se dissipam e as estrelas ficam visíveis. No topo da montanha, não sobrou nenhuma chama ou Klu, mas ainda assim há membros da Klan. Muitos circulando, parecendo patos que foram atingidos na cabeça. Muitos assustados e ajoelhados, vomitando as próprias vísceras. Espero que eles cuspam um pouco do próprio ódio também.

A Chef organiza o nosso pessoal e localizamos os negros sequestrados sob os escombros da plataforma destruída. Em algum momento, Emma encontra o projetor e o detona em pedacinhos com a espingarda. A noite fica escura como breu, mas pelo menos não temos mais que ver aquele maldito filme. Quando achamos todo mundo, partimos. Desta vez, Nana Jean e os Cantadores lideram, e seguimos a voz do tio Will cantando "Adão no jardim!", enquanto o coral responde "tá pegando as folhas!"

A Chef consegue caminhar um pouco, mas o Michael George ainda está fraco. Então eu tenho que dar um apoio para ambos. Antes de avançarmos mais, noto uma mulher. A única Klan que não está tropeçando ou vomitando. Ela está ajoelhada em suas vestes, abraçando com força um garotinho. Os olhos febris dela se encontram com os meus. Eu reconheço esses rostos. Lá do restaurante do Açougueiro Clyde. Ela não deve ter comido a carne. Parece que a minha interrupção naquele dia salvou os dois de uma dor de barriga. E de algo pior.

"Monstros!", ela gagueja para mim. "Eles eram monstros! Eu vi! Eu vi!"

A Chef e eu olhamos uma para outra e respondemos: "Finalmente!".

Nós deixamos ela lá, refletindo sobre o que viu, e voltamos para casa.

LIBERDADE

EPÍLOGO

Me sento e tomo o melhor mint julep que já provei na vida. Só Bourbon e açúcar. Não é um verdadeiro mint julep, é claro. Nada aqui é real. Nem a mesa velha e branca ou a cadeira de palha em que estou sentada, colocada em um monte de grama que se parece mais com um pântano. O gigante carvalho vermelho permanece aqui, agora coberto com mechas de musgo espanhol bronzeado e glicínias de lavanda. Atrás de nós, uma mansão com heras rastejando pela construção e se contorcendo em colunas brancas e desbotadas.

Tia Ondine está na minha frente com um vestido branco antiquado e um largo chapéu da mesma cor. Ela está bebendo o próprio mint julep e segura uma sombrinha branca com babados. Ela diz que precisavam de uma mudança de cenário. Eu olho para cima através dos musgos e glicínias, avistando tia Jadine empoleirada em um galho. As pernas nuas balançam sob a renda do vestido, os dedos dos pés marrons se movem e ela cantarola, girando a própria sombrinha.

Na mesa, tia Margaret aponta o guarda-chuva para mim. Eu tive a estúpida ideia de perguntar por que as raposas sempre são malvadas nas histórias. Senhor, se isso não a incomodasse...

"Essas historinhas são todas ao contrário! Propagandas bobas, lixos, e é isso!", ela bate o guarda-chuva na mesa, um vaso de cravos brancos como a neve quase cai.

"Muito bem!", as bochechas rechonchudas da tia Ondine se curvam suavemente. "Antes de começarmos o papo, acho que perguntei como vão as coisas em casa. Sua batalha com o inimigo deve ter causado um grande rebuliço!"

Sim, sobre isso. As coisas têm sido... estranhas.

Já se passaram quatro dias e os jornais da Geórgia ainda têm histórias sobre "grandes acontecimentos" na Stone Mountain. Que houve um incêndio em uma manifestação da Ku Klux Klan, matando dezenas deles. Outros dizem que foi um envenenamento causado pela luz da lua. Alguns ainda afirmam que foi um surto de gripe espanhola, explicando o motivo do governo ter aparecido para queimar os corpos.

Essa última parte não está errada. Incluindo o governo.

Chegou a notícia de Atlanta que o Exército dos Estados Unidos estava em Stone Mountain. Isolou o local com caminhões militares e soldados. Cientistas também foram até lá, usando máscaras de gás e vasculhando a área com engenhocas engraçadas. Todos eles supervisionados por homens do governo em ternos escuros, fumando e dando ordens. Isso não foi apenas em Stone Mountain. Eles foram até Macon também.

Não com caminhões do exército, mas em vagões cheios de homens afirmando serem agentes da Lei Seca. Eles invadiram o restaurante do Açougueiro Clyde, explodindo barris de licor e fazendo uma grande confusão, dizendo que ele era um contrabandista. Eu e a Chef verificamos tudo de um telhado. Os homens do governo estavam presentes também, instruindo os agentes a selar toda a carne do açougueiro em recipientes de vidro, embalar e colocar nos vagões. Partiram tão rápido quanto chegaram.

"Quem diria, as afirmações da Sadie se provaram corretas", diz tia Ondine logo depois que eu termino.

Eu sei. Quase não acredito nisso. Talvez eu tenha que começar a ler esses tabloides.

"E o seu namorado? Vimos você mais cedo nesta noite, ele parece bem recuperado!"

Em algum lugar acima, a tia Jadine ri. Realmente preciso que elas parem com isso.

"Michael George tá bem", eu confirmo. Eu e ele finalmente tivemos aquela conversa que ele tanto queria. E eu respondi a algumas das perguntas dele. Não tudo, mas o suficiente. Por enquanto. Imaginei que fosse me chamar de louca, mas ele apenas balançou a cabeça de leve e disse que sempre achou que os Klans eram bagunça, que é como eles chamam os demônios em Santa Lúcia. E falou que a tia-avó dele era uma mulher obeah, então ele não tinha medo de magia. Ainda disse que nada disso impediria de me levar para velejar algum dia. Eu digo a ele que ainda não faço promessas, mas que vou pensar nisso.

"Estamos muito satisfeitas que as coisas estejam indo bem, Maryse", diz tia Ondine. Ela parece hesitante. "Você já tomou uma decisão sobre a espada?"

Eu coloco o meu copo ao lado da lâmina em forma de folha. Eu não a invoquei mais desde a noite na Stone Mountain. Depois de tudo, eu precisava de algum tempo para ser apenas Maryse, não a campeã de alguém. Uma espada que nasceu para mim. No entanto, mesmo sendo um mentiroso, o Açougueiro Clyde não mentiu quando disse que eu tinha prazer em me vingar. Nana Jean me avisou que aceitar presentes de demônios tinha um preço. Agora eu sei o que é pagar por ele.

Mas esta guerra não acabou.

Ainda há Klans e Klus. Ainda tem aquele maldito filme. Essa espada carrega a raiva e o sofrimento de um povo inteiro. O Açougueiro Clyde e o seu bando nunca poderiam botar a mão nela, porque ela nunca foi e nunca seria deles, nem serviria aos planos que eles tinham. Ela foi passada para mim. É minha para moldar o que for necessário no aqui e agora. Não estou pronta para abandonar isso. E ainda há uma vingança dentro de mim que precisa ser resolvida.

Eu olho para cima e percebo que elas estão quietas. Até a tia Jadine parou de cantarolar.

"Eu ainda sou a campeã de vocês. Se me aceitarem."

Tia Ondine sorri e tia Margaret abre um sorriso discreto, mas verdadeiro, o que já é muito para ela. Tia Jadine pisca lá de cima e eu pisco de volta.

"Você é mesmo a nossa campeã!", tia Ondine se pronuncia.

Essas palavras me deixam extremamente feliz. Aliso a espada e pergunto: "Tava pensando aqui que não me parece muito correto essa lâmina só atrair o espírito dos senhores de engenho, comerciantes de escravizados e reis abusivos. E os brancos que compravam as pessoas? Que faziam com que trabalhassem até a morte. Eles não têm nenhuma penitência pra pagar?".

Tia Ondine me mostra um sorriso debochado. "Sim, Maryse, mas essa é uma *outra* espada."

Quase engasgo com o mint julep. Outra espada? Centenas de perguntas se formam na minha língua, mas o rosto dela fica sério.

"Eu fico feliz em saber que você tá descansando, mas temo que o mal ainda possa resistir."

Volto a beber. É claro que o mal nunca descansa.

"O inimigo não para de trabalhar", acrescenta tia Margaret.

"Uma nova ameaça surge", continua tia Ondine. Ela se inclina. "Você deve ir em uma missão! Numa ilha na província de Rodes!"

Eu paro no meio de um gole. "Você quer dizer Providência, em Rhode Island?"

Ela pisca. "Não foi isso que eu disse? O inimigo está com os olhos fixos ali, em um homem que eles acreditam que pode fazer com que eles se infiltrem ainda mais no seu mundo e abram portas pra coisas piores do que a Grande Ciclope. Eles tão inculcando o homem com a maldade deles e ele parece ser um recipiente voluntário. Ele foi nomeado Príncipe Sombrio deles e..."

"O funeral de Sadie é em dois dias", eu interrompo. Não tenho certeza se essas três entendem como funciona a geografia. "Rhode Island tá muito longe das minhas rotas de contrabando. Mas enfim, Emma tem contatos na Nova Inglaterra. Podemos ver o que eles sabem."

"Ah", tia Ondine diz arrependida. "Sim, isso seria útil. Como tá indo o ritual de morte?"

"Funeral", friso. "Chamamos isso de funeral. Lester tá organizando. Vai ter uma grande igreja, um coral e tudo mais. O tio Will vai liderar um Cântico. Nana Jean vai cozinhar. Michael George diz que vai dar o nome dela a uma nova pousada que ele tá construindo. Não pense que Macon viu o suficiente de Sadie Watkins."

Eu termino o mint julep e me levanto. "Bem, é melhor eu ir embora."

"Fica", lamenta tia Ondine. "Tem bolo de geleia de amora." Surge um tentador bolo branco e coberto de amoras. Mas eu balanço a cabeça.

"O tempo não passa aqui, mas preciso descansar. Tenho planos pela manhã. Eu e a Chef fizemos uma promessa. Que faríamos algo grande por Sadie. Algo que ela gostaria."

Tia Ondine sorri com ternura. "Ela é sortuda por ter amigas que vão manter a memória dela viva."

"Vamos a um cinema que exibe *O Nascimento de uma Nação*."

Tia Margaret está costurando e começa a apertar os seus olhos: "Que escolha peculiar".

"Não vamos ficar muito tempo. Vamos esvaziar o local com uma bomba de fumaça, depois fazer ir pelos ares."

Equilibro a espada sobre um ombro e volto para casa ouvindo tia Jadine gargalhando lá de cima, enquanto assobio uma canção sobre matar os Klus até o fim dos tempos.

F I M

NGSH
DUTRI
NGSH
DUTRI
NGSH

A ORIGEM DO
RING SHOUT

por **Anne Quiangala**

> De dentro da casa, escutamos palmas e cantos.
> A porta está entreaberta e quando a empurramos,
> o que vemos é de tirar o fôlego (CLARK, 2022, p.37[1])

Quando se diz que toda a música popular deriva da musicalidade negra, *dificilmente* identificamos o que isso significa *de fato*. É como se fosse um fato auto evidente, mas com o ponto de origem difuso demais para ser detectado. O equívoco comum é o caminho de valorizar o processo violento de escravidão como responsável pela excelência artística observada na música negra, em vez de entender que a oposição e a reinvenção elaborada de forma estética foi uma estratégia de sobrevivência promovida por sujeitos complexos e imbuídos de tradições anteriores ao contato colonial. Considerando essa perspectiva, podemos valorizar a multiplicidade étnica e um *ethos* anterior à acumulação primitiva de capital, que culminou nas Grandes Navegações e suas políticas coloniais[2].

---

1   A partir deste comentário, referências indiretas serão indicadas em notas de rodapé.
2   KILOMBA, 2019.

Um traço comum às diferentes formas artísticas populares, no Brasil (samba, congo e capoeira), e na música negra estadunidense (blues, jazz e rap) é o formato circular, influência direta da "dança do anel" presente na cultura de diversos grupos africanos pré-coloniais. Mas como essa dança ritualística resistiu ao processo diaspórico e influenciou a música popular, após o contato com a cultura europeia[3]?

Sterling Stuckey, em seu livro *Slave Culture: Nationalist Theory & the Foundations of Black America* argumentou que o *ring shout* era um elemento comum aos diferentes grupos africanos que foram escravizados, e, a partir dele, o caráter vocal foi sendo transmitido para as canções de trabalho (*working songs*), *field hollers* (gritos) e *spirituals* (solos inspirados nos trechos da Bíblia), que se desenvolveram até a consolidação do *blues* e do *jazz*.

As canções eram primordialmente vocais, pois o uso de instrumentos era proibido[4] pelos escravistas, temerosos de que fossem usados com finalidade comunicativa[5]. Mas vale considerar que os trabalhos na agricultura pré-colonização eram feitos de maneira coletiva e ritmada, cadenciando o som das ferramentas usadas e a atividade em si. Nesta experiência comunal, é perceptível uma estrutura musical de chamada-e-resposta (*call and response*), também chamada de antifonal, presente nas gospel songs, além dos posteriores fraseados do *blues* e sua modernização: o rock n' roll.

Para compreender os traços comuns que constituem a musicalidade, as expressões retóricas e temáticas daquelas formas artísticas, é necessário partir de uma noção ética e estética do vernáculo negro transnacional, denominada pelo sociólogo inglês Paul Gilroy como "Atlântico Negro".

---

3   Floyd (1991) explica que heterofonia e outros dispositivos rítmicos, bem como processos são usados em música de origem europeia, mas ele chama a atenção para esses dispositivos de um modo idiomático, que funcionam na cultura afro-estadunidense como definidores da tradição de música negra.

4   "O *Black Code* aplicado pelos plantadores do Sul estipula que os [escravizados] não têm o direito de tocar tambores que "poderiam ser usados, tal qual na África, como meios de linguagem e de comunicação (...). (HERZHAFT, 1989, p.18); No final do século XIX, os instrumentos não eram proibidos, mas se tornaram inacessíveis pelos custos, então "antes de ter acesso a instrumentos (...) o negro inventava os seus (...) feitos com tábuas de lavar roupas, tinas, cabos de vassoura, caixas de sabão e de charuto" (MUGGIATI, 1985, p.31).

5   MUGGIATI, 1985.

Na obra homônima, Gilroy propõe uma viagem marítima metafórica na qual são apresentadas as consequências culturais da desterritorialização, do fluxo e hibridismo desenvolvidos a partir da diáspora africana na Modernidade. Partindo da desterritorialização, Gilroy questionou a noção essencialista de cultura "autêntica" e "pura", bem como de identidade como fato auto evidente (territorial ou fenotípico). Assim, é pertinente compreendermos que as tradições culturais pré-coloniais como a dança circular religiosa não são fixas, e que, na diáspora, entre rupturas e continuidades, ela se transforma e resiste. Em suas palavras:

> As músicas do mundo atlântico negro foram as expressões primárias da distinção cultural que esta população capturava e adaptava as suas novas circunstâncias. Ela utilizava as tradições separadas mas convergentes do mundo atlântico negro, senão para criar a si mesma de novo como conglomerado de comunidades negras, como meio para avaliar o progresso social causado pela autocriação espontânea sedimentada pelas intermináveis pressões conjuntas da exploração económica, do racismo político, do deslocamento e do exílio. Essa herança musical gradualmente se tornou um importante fator facilitador da transição de colonos diversos a um modo distinto de negritudes vivida. Ela foi fundamental na produção de uma constelação de posições temáticas que era francamente devedora, para suas condições de possibilidade, do Caribe, dos Estados Unidos, e mesmo da África. Também foi indelevelmente marcada pelas condições britânicas nas quais cresceu e amadureceu[6].

6   GILROY, 2001, p. 173.

Tendo em vista que as danças do anel estão situadas em um contexto maior em que africanos reconheceram valores comuns como o contato e adoração aos antepassados, comunicação e lições através de contação de histórias, expressões *tricksters*[7] e dispositivos simbólicos, elas propiciaram uma base comum de experiência e manutenção das tradições[8]. Deste modo, as estruturas orais e a expressão corporal pré-existentes, foram moldadas pelas condições materiais e estéticas que emergiram da *plantation*, somadas ao contexto imediato das experiências e o contato com a cultura dominante. Isso reforça o fato de que o *ring shout* deriva desse contraste da necessidade de expressão, criação e um exercício de autodefinição[9]. Embora exista um *shout* antes e outro após a escravização, é analisando os rompimentos e continuidades que compreendemos a plasticidade dessa forma artística.

O *ring shout* é uma prática espiritual originária de países da África Ocidental (Angola, Serra-Leoa, Nigéria) e transformada no interior da cultura Gullah/Geechee ao longo da região litorânea sudeste dos Estados Unidos, que compreende a Carolina do Sul, Geórgia e Flórida. Ele é constituído por três elementos essenciais: a dança circular em sentido anti-horário, a música e o *ethos*. No shout, os participantes formam um anel e começam a deslizar, com os pés arrastando no chão, batendo palmas, gritando, chorando, murmurando, em suma, usando o corpo como instrumento. O canto intenso é liderado por um cantor (que faz uso de interjeições de vários tipos, elisões, *blue notes*[10]), e acompanhado pelo grupo, seja com uma resposta cantada, repetições, rivalidades

---

7 Luis (2014, p. 158) explica que o trickster é um mestre da literácia com capacidades retóricas pelas quais ele conquista e é reconhecido. Afinal, "Apropria-se, domina com supremacia a utilização da linguagem de seu mestre, criando o seu vernáculo (do latim vernaculus, que significa literalmente "nativo", e verna, "escravo nascido na casa de seu mestre"). É esta supremacia linguística que permite ao macaco, o signifier, o trickster, ludibriar o leão ou o elefante, invertendo os pólos de poder e assim exercer domínio sobre os poderosos".

8 FLOYD, 1991.

9 Autoras feministas Negras como bell hooks, Audre Lorde, Patricia Hill Collins e Grada Kilomba discutem o conceito de autodefinição como um passo fundamental de tornar-se sujeito. Oriunda de um contexto de negação e de exaltação do passado colonial, é imprescindível que a pessoa Negra passe por um processo de consciência que se materialize na construção identitária, discursiva e política que culmine em tornar-se sujeito (KILOMBA, 2019).

10 Blue note é a principal característica do *blues* e consiste na bemolização (diminuição de meio tom) da terceira e da sétima notas (possivelmente, também da quinta) da escala europeia (MUGGIATI, 1985).

ou palmas (*hand-clapping[11]*), batidas no joelho ritmadas e o arrastar dos pés, com o cuidado de não os cruzar. A base rítmica não cessa, assim como os gritos, enquanto durarem os movimentos corporais rodopiantes, extasiados, e o contato com ancestrais e divindades (incorporação).

As religiões protestantes repreenderam o uso de tambores e danças ritualísticas na igreja, porém, após o culto dominical, nas casas de louvores, celeiros e na floresta, as práticas, bem como o agradecimento ao orixá iorubá Elegba (posteriormente Jesus) se mantiveram. Desse modo, o ring shout foi misturado ao *spiritual*, constituindo uma prática híbrida entre o secular e o religioso. As canções dos rituais fúnebres de Nova Orleans também foram imprescindíveis para o fundamento do *jazz* e ambas são tributárias do ring shout[12].

Não raro, encontramos hipóteses que relacionam o shout à cultura muçulmana, uma vez que o Islã se estabeleceu no continente africano antes do cristianismo, e o movimento anti-horário em torno da Kabaaa na Meca poderia ser um traço deste contato[13] Floyd[14], fez uma revisão bibliográfica consistente sobre a história do shout e sua influência em toda a música negra posterior, em seu artigo *Ring Shout! Literary Studies, Historical Studies, and Black Music Inquiry* no qual se baseia em pesquisadores como Henry Louis Gates, Robert Winslow Gordon e Sterling Stuckey, e ele sequer se refere a essa possibilidade; de fato, é notável a semelhança com movimentos dos dervixes, mas as danças circulares com finalidade sagrada são encontradas em diversas culturas tradicionais.

Uma vez que o *shout* se estabeleceu por um longo território, os diferentes contextos e aspectos materiais exigiram ligeiras adaptações, e as descrições de exploradores e pesquisadores de diferentes épocas revela esse fato. Acima de tudo, vale lembrar que o *shout* é a mescla entre música e dança, que se tornam um traço distinto (ritual e cultural) em que pessoas escravizadas produziram músicas que derivaram todos os estilos musicais posteriores, bem como transmitiam tradições, conhecimentos e valores éticos.

---

11 ver: https://www.youtube.com/watch?v=lzkOFJMI5i8
12 MUGGIATI, 1985.
13 WATSON, 2013.
14 1991.

Caminhos teóricos foram trilhados buscando priorizar o canto em detrimento da dança (Stuckey) ou o contrário (Krehbiel), mas Floyd[15] destaca a importância da performance, música e construção de sentido como elementos que funcionam no *shout* com o mesmo grau de importância, embora sejam apropriados de modos distintos nos gêneros musicais subsequentes. O fato do *shout* ser uma forma artística constituída por elementos rítmicos, vocais, corporeidade, espiritualidade, narrativas e chamado-resposta, cria um infindo caminho de apropriação em obras literárias, audiovisuais, plásticas e performáticas além da tradição musical em si da *black music*.

Tais aspectos ritualísticos, bem como as implicações simbólicas inerentes ao *shout* vem sendo transmitidos a partir de figuras melódicas e frasais em diferentes suportes e formas artísticas. Uma vez que artistas negras, negres e negros consomem e revisam trabalhos de seus pares, essa influência é transmitida, apropriada e traduzida para diferentes expressões, dentre elas, a literatura[16].

Essa tradução[17], a intertextualidade e as apropriações para outras linguagens artísticas é um traço fundamental do romance *Ring Shout: Grito de Liberdade*, de P. Djèlí Clark. Nele, o autor parte da formulação metalinguística do *shout* como matriz cultural para a população negra, onde podemos encontrar valores, noções e elementos estéticos ancestrais, numa espécie de movimento de retorno ao passado para retomar saberes "perdidos", a fim de construir novos futuros (sankofa[18]). Para o pesquisador Waldson Souza[19], um modo de o conceito de sankofa ser colocado em prática em narrativas especulativas ocorre quando personagens fazem viagens no tempo em busca de algo que desconhecem,

---

15 1991.
16 FLOYD, 1991.
17 Tendo em vista que Ring Shout é uma obra de ficção especulativa que apresenta temática, perspectiva, protagonista e autoria negra, pode ser lido com aporte afrofuturista. Ela faz parte da multiplicidade de formas artísticas que as práticas tradicionais pavimentam "presente na literatura, no cinema, na música e nas artes plásticas" (SOUZA, 2019, p. 33).
18 Segundo Souza (2019, p. 75): "Sankofa faz parte de um conjunto de símbolos chamado adinkra e é representado por um pássaro que tem a cabeça voltada para a cauda. A noção de sankofa carrega em si um aspecto afrofuturista, um resgate ao passado para que se possa questionar o presente e criar o futuro. Aprender com erros e acertos, não desconsiderar a história. A partir do passado sistematicamente apagado, o afrofuturismo projeta futuros".
19 2019

inclusive sobre si, o que torna possível construir um futuro mais próspero. Essa circularidade pode aparecer na estrutura da obra, na temporalidade, e, no caso de *Ring Shout*, aparece nas experiências espirituais de visitas a dimensões (contato com ancestrais e seres míticos) e no movimento corporal:

> Em um piscar de olhos, o mundo é engolido pela escuridão. Eu entro em pânico, pensando que voltei ao esconderijo sob o chão, e o medo puro ameaça tomar conta de mim. Mas não. *Não é minha casa. Eu giro em um círculo*, procurando aquela escuridão impenetrável, quando algo captura o meu ouvido. Isso é um canto?"[20].

Além das experiências descritas em primeira pessoa, que se repetem, a repetição de fragmentos de entrevistas com anciãs e anciãos gullah apontam para uma percepção de tempo não linear, nem progressiva, mas em formato pendular.

O romance é um tipo de tributo à tradição musical, ética e espiritual, se apropriando de fatos históricos, mitos e discussões sobre gênero, colorismo, ciência como um tipo de magia explicável e referências à moda e hábitos da época. Deste modo, para reconstruir um sul dos Estados Unidos dos anos 1920, onde a monstruosa Ku Klux Klan tem aval das instituições para oprimir e torturar, ele lança mão de materiais mitológicos, cancionais, performativos, bem como de questões subjetivas, informações históricas, mesclando tudo isso no processo de construção de si da protagonista Maryse Boudreaux e de suas parceiras Sadie Watkins e Cordelia Lawrence. Assim, podemos identificar na sofisticação retórica de Clark uma filiação evidente à tradição do ring shout: a do *signifyin(g)*[21].

---

20 CLARK, 2022, p.57 — grifo meu.
21 O G é inserido entre parênteses para indicar um traço linguístico do vernáculo negro: o g no final das palavras não é pronunciado (FLOYD, 1991; LUIS, 2014)

A prática de signifying está presente em formas composicionais de arte negra, desde as formas orais até a estratégia interpretativa, como desenvolvida pelo crítico literário Henry Louis Gates em sua obra *The Signifyin(g) Monkey*[22]. Gates se inspirou na figura mitológica clássica do Esu-Elegbara (Nigéria), Legba (Benin) e Exú (Brasil), o improvisador, intérprete da cultura negra, guardião das encruzilhadas, mestre da comunicação e portador de características ambíguas, como a magia, a indeterminação, ironia, paródia, sátira, charme, traição e lealdade, criação e ruptura e intermediário entre humanos e divindades.

No vernáculo negro, o signifyin(g) monkey é o descendente afro-estadunidense do Exú. Isso porque a figura mitológica do "macaco esperto", que ludibria o poderoso leão e o elefante com o uso da linguagem, revertendo assim as relações de poder. Assim, "Significar" (to signify) é engajar em jogos retóricos, fazendo associações, aplicando conotações, códigos, intertextos, ambiguidades e aliterações com o objetivo de dizer algo enquanto alude a outro significado. Essa estratégia de conotação é parte da língua iorubá, na qual a entonação muda completamente o sentido da palavra[23]. Portanto, imbuídos dessa prática, após a colonização, passaram a moldar o significado, tanto na linguagem como no modo de usar referências bíblicas de forma cifrada para expressar suas próprias perspectivas.

A teoria de Gates propõe o uso do *Signigfyin(g) Monkey*[24] como um modo de ler e analisar a tradição literária negra pelos sentidos e implicações que o mito do Exú e das narrativas do Macaco estabelecem como estratégias retóricas. O signigfying também pressupõe performance, improvisação e o respeito ao que veio antes, independente da forma que assumir. Tudo isso é notável no modo como Clark teceu a narrativa de *Ring Shout: Grito de Liberdade,*

22 Independente da lógica ocidental especista (hierarquização entre animais humanos e não humanos) ou racista (hierarquia social baseada na ideia de raça), a figura antropomorfizada do Signifyin(g) representa uma visão de mundo afrocêntrica: integração e respeito entre espécies.
23 MUGGIATI, 1985.
24 Uma das formas de significação é a *cakewalk*, um tipo de show que surgiu como sátira ao modo de andar dos brancos e se tornou uma dança de sucesso (MUGGIATI, 1985, p.21).

O Cântico vem dos tempos da escravidão. Isso é o que o tio Will afirma, mas talvez seja mais antigo ainda. Os escravizados faziam os Cânticos nas folgas de domingo. Ou quando iam até as florestas sem ninguém saber. Eles se juntavam e se organizavam da seguinte maneira: o Líder, o Homem Palito e os Percussionistas cantavam, batiam palmas e os pés, enquanto os Cantadores se moviam ao ritmo da música. No Cântico, você deve se mover da forma que o espírito ordena e não pode parar até que ele permita. E não chame isso de dança! A menos que queira que o tio Will voe na sua goela. O Cântico não é a música em si, é o *movimento*. Ele diz que Cânticos como esse são os mais poderosos; Cânticos de sobrevivência aos tempos de escravidão, de oração por liberdade e um pedido para Deus acabar com aquela maldade[25].

O estranhamento que a narradora homodiegética sente em relação aos cânticos representa a descontinuidade da tradição, que precisa ser resgatada, por se tratar de uma chave, tanto coletiva, como do próprio ser. Ela simboliza o caminho que toda pessoa negra na diáspora precisa fazer no processo de tornar-se sujeito como atesta a filósofa portuguesa Grada Kilomba (2019).

Atualmente, a tradição do *ring shout* é preservada no território Gullah, as terras baixas e ilhas entre a Carolina do Sul e Flórida composta por povos originários dos Estados Unidos e da África Ocidental, em especial, aqueles com expertise no plantio de arroz como angolanos, serra-leoninos, senegaleses e gambianos[26]. Após a Guerra de Secessão, povo Gullah ficou ilhado, sem contato com a cultura branca, refinando suas técnicas e preservando rituais, culinária, e se comunicando em uma língua própria.

25 CLARK, 2022, p. 33.
26 Anita Prather. in: Gullah Traditions of the South Carolina Coast.
    Disponível em: <www.youtube.com/watch?v=INLoxvNjFiA>.

Assim como na arte, o movimento pendular da tradição é espelhada no mundo *real*: no estado da Geórgia, há o condado de McIntosh, onde anciãos mantêm a prática espiritual e cultural do *ring shout*; ao mesmo tempo, a roqueira Tamar-Kali, em seu EP *Geechee Goddess Hardcore Warrior Soul*[27], grita e nomeia a experiência urbana negra e LGBTQIAP+ da classe trabalhadora, *mixando* ao ethos, dança e música tradicional. Em ambos os casos a síntese é exatamente o exercício criativo que tem alimentado nosso desejo de existir, não mais como o Outro, mas como eu.

ANNE QUIANGALA é idealizadora do Preta, Nerd & Burning Hell — um blog sobre #Nerdiandade preta e feminista. Doutoranda e Mestra em teoria literária pela Universidade de Brasília.

27   EP, (OyaWarrior Records, 2005).

OBRAS CITADAS

FLOYD, Samuel A. *Ring Shout! Literary Studies, Historical Studies, and Black Music Inquiry in* Black Music Research Journal, Autumn, 1991, Vol. 11, No. 2 (Autumn, 1991), pp. 265-28.

GILROY, Paul. *O Atlântico Negro:* Modernidade e dupla consciência. Rio de Janeiro, 34/Universidade Cândido Mendes. Centro de Estudos Afro-Asiáticos, 2001.

HERZHAFT, Gérard. *Blues.* Campinas: Papirus, 1989. Trad. Nicia Adan Bonatti.

KALI, Tamar. *Geechee Goddess Hardcore Warrior Soul.* EP, (OyaWarrior Records, 2005).

KILOMBA, Grada. *Memórias da plantação:* episódios de racismo cotidiano.Rio de Janeiro: Cobogó, 2019. Trad. Jess Oliveira.

LUIS, Solange Maria Evangelista Mendes. *Poesia Angolana De Resistência: A Palavra, A Ak-47, O Silêncio E O Microfone.* 2014. 551 f., il. Tese (Doutorado em Literatura)— Universidade de Coimbra, Coimbra, 2014.

MUGGIATI, Roberto. O que é jazz. Brasília: Brasiliense, 1985. 2 ed.

SOUZA, Waldson Gomes de. *Afrofuturismo:* o futuro ancestral na literatura brasileira contemporânea. 2019. 102 f., il. Dissertação (Mestrado em Literatura)—Universidade de Brasília, Brasília, 2019.

WATSON, Sonny. *Ring Shout.* (2013) Disponível em: <www.streetswing.com/histmain/z3ringshout.htm>.

OBRAS CONSULTADAS

GIESTA, Gabriel Valladares. *ENTRE O DELTA E O ESTÁCIO:* Uma história comparada do Blues e do Samba no início do século XX. Tese (Doutorado em História Comparada). Instituto de Filosofia e Ciências Sociais, Universidade Federal do Rio de Janeiro, 2018. https://ppghc.historia.ufrj.br/index.php?option=com_docman&view=download&alias=281-entre-o-delta-e-o-estacio-uma-historia-comparada-do-blues-e-do-samba-no-inicio-do-seculo-xx&category_slug=teses&Itemid=155

SOUSA, Karina Almeida de. Corpo, Transnacionalismo negro e as políticas de patrimonialização: as práticas expressivas culturais negras e o circuito afro-diaspórico. https://repositorio.ufscar.br/bitstream/handle/ufscar/14699/TESE_VERSAO_DEPOSITO_KARINA_SOUSA.pdf?sequence=2&isAllowed=y

"Jubilee" by the McIntosh County Shouters. Disponível em: https://folkways.si.edu/jubilee-by-the-mcintosh-county-shouters/music/video/smithsonian

Ring Shout. Disponível em: https://www.youtube.com/watch?v=5U2xTslu21w

Steve Reich - Clapping Music (Scrolling). Disponível em: https://www.youtube.com/watch?v=lzkOFJMl5i8

Gullah Traditions of the South Carolina Coast. Disponível em: https://www.youtube.com/watch?v=lNLoxvNjFiA

Gullah Music. Disponível em: https://www.youtube.com/watch?v=S1HEZJLDjaw

RING SHOUT: http://www.streetswing.com/histmain/z3ringshout.htm]

The Ringshout & the Birth of African-American Religion: https://www.youtube.com/watch?v=KmmTMg3e5Uo

AGRADECIMENTOS

Esta história surgiu através de uma síntese diversa de arte, literatura e aura. A compilação de histórias de ex-escravizados na década de 1930 da WPA. A cultura Gullah-Geechee. Contos de demônios e de magia. Alguns vídeos da Beyoncé. Algo da Toni Morrison. Botecos e quebradas. Memórias da minha infância lendo Madeline L'Engle sob a sombra de uma árvore. Os piqueniques no Dia da Independência Negra. O bounce de New Orleans. Um pouco do DJ Screw. H-Town, que cresci escutando. E histórias sussurradas sobre Jim Crow, a Ku Klux Klan, e outros horrores do sul profundo. Quem disse que todas as fantasias com lutas de espadas, heróis e heroínas, precisam ser na Idade Média, Westeros, ou então na nossa utopia de uma África do passado?

Talvez elas também possam se passar aqui.

Agradeço a John e Alan Lomax, Zora Neale Hurston, Lydia Parrish, e todos aqueles que trabalharam para preservar a tradição do Ring Shout. Elogios não seriam o bastante para McIntosh County Shouters, cujas apresentações me ajudaram a trazer essas memórias à vida. Palmas para o álbum DROGAS Wave, do Lupe Fiasco, que me serviu de inspiração nos momentos mais difíceis. Se esta história tivesse uma trilha sonora, seria ela. Pontuo aqui também o livro *Lose Your Mother*, da Saidiya Hartman, que sempre me desafia. "Eu, também, sou a vida após a morte da escravidão."

Agradecimento especial ao amigo e escritor Eden Royce, que foi incrível e muito paciente ao me conduzir pela linguagem e cultura Gullah. Agradeço também ao meu irmão de outra mãe Cleo Wadley Jr., que me deu dicas valiosas nas primeiras versões do livro. Você conhece todas as piadas internas. "Nd Suth Ept." Grandes reverências ao escritor, editor e cocriador do nosso próprio Black Imaginarium, Troy L. Wiggins, por ter dado a essa história o selo sulista de aprovação. Viu onde estamos, Bruh? Obrigado a todos que fazem a Tordotcom Publishing por me ajudar a levantar este livro, sem mencionar o trabalho incrível que vocês fizeram com a capa. Por último, minha gratidão vai para a tia-editora Diana Pho. Porque quando eu me sentei em um café em DC e te fiz uma proposta desta história pelo telefone, você foi a primeira pessoa a dizer: "Isso me parece sensacional!". Obrigado por dar uma chance ao livro, e a tantas outras histórias diversas e ousadas, quando outros não fariam. Espero que este avião leve você ao topo.

P. DJÈLÍ CLARK é escritor nascido em Nova York e criado principalmente no Texas. Já foi nomeado aos prêmios Hugo, Nebula e Sturgeon com *Ring Shout, The Black God's Drums* e *The Haunting of Tram Car 015*. Quando não está escrevendo ficção especulativa, P. Djèlí Clark trabalha como um historiador acadêmico cujas pesquisas abrangem a escravidão comparada e a emancipação no Mundo Atlântico. Ele combina esse interesse pela história e pelo mundo social com a ficção especulativa e escreveu artigos sobre questões que vão desde o racismo e H.P. Lovecraft até críticas de *Black Empire*, de George Schuyler. Atualmente, ele reside em um pequeno castelo eduardiano na Nova Inglaterra com sua esposa, filhas e um dragão de estimação (que é estranhamente similar a um Boston Terrier). Quando inclinado, ele divaga sobre questões de ficção especulativa, política e diversidade em seu blog chamado *The Disgruntled Haradrim*. Saiba mais em pdjeliclark.com